AVEC MARCEL PROUST

BENOIST-MÉCHIN

Avec Marcel Proust

Albin Michel

IL A ÉTÉ TIRÉ DE CET OUVRAGE :
500 EXEMPLAIRES RELIÉS, DONT
480 NUMÉROTÉS DE 1 À 480 ET
20 HORS COMMERCE NUMÉROTÉS
DE I À XX

22, rue Huyghens, 75014 Paris

ISBN 2-226-00501-3

A la mémoire de mon père

INTRODUCTION

Les hasards de la vie et mon penchant inné pour les travaux de l'esprit m'ont valu, dès ma dix-huitième année, le privilège de fréquenter personnellement les principaux écrivains de la première moitié de ce siècle : Romain Rolland, Paul Claudel, André Gide, Paul Valéry, Jules Romains, Valéry Larbaud, Jacques Chardonne, Saint-John Perse... J'en passe pour ne pas allonger inutilement cette liste.

Dans cette constellation d'étoiles de première grandeur, Marcel Proust occupait une place à part. Bien que sa gloire n'eût pas encore atteint son zénith, les esprits avisés le considéraient déjà comme « le créateur de la plus haute œuvre littéraire de ce siècle ». Je partageais leur opinion.

Je dirai plus loin les circonstances vraiment singulières dans lesquelles j'ai été amené à faire sa connaissance, mais je préciserai immédiatement la date de notre rencontre : elle eut lieu dans la dernière semaine de mai 1922, c'est-à-dire à peine six mois avant sa mort, puisque celle-ci survint le 18 novembre de la même année.

Nos relations n'ont donc été que de courte durée, ce qui s'explique par des raisons diverses.

D'abord par mon jeune âge : je venais d'atteindre mes vingt et un ans, ce qui rendait presque impossible que je l'eusse connu plus tôt. Où l'aurais-je rencontré? Je n'étais pas encore entré dans ce qu'on appelait « le monde » et lui, venait de s'en retirer. Depuis 1918 il menait une vie de reclus dans une chambre obscure, où il travaillait avec acharnement à mener à son terme *la Recherche du Temps perdu*. Moi, en ce temps là, je préparais mon bac et jouais au ballon sous les arcades du lycée Louis-le-Grand.

Puis, durant les années suivantes, par mon éloignement de Paris : j'accomplissais mon service militaire en Rhénanie, comme interprète à l'État-Major de l'Armée du Rhin.

Enfin, quand je l'eus rencontré, par le fait que rien ne me laissait prévoir, malgré sa santé chancelante, que la lumière de ce grand phare s'éteindrait aussi vite.

Mais pour brèves qu'aient été nos relations, elles ont été d'emblée si confiantes, si amicales et, pour tout dire, si fécondes qu'elles n'ont pas seulement marqué ma jeunesse d'une façon indélébile; leur souvenir m'a accompagné tout le long de ma vie.

Par la suite, j'ai souvent relu les œuvres des auteurs dont j'ai cité plus haut le nom. Mais plus je les lisais plus ils semblaient s'éloigner de moi; plus ma personnalité se dessinait et plus je les ressentais comme des corps étrangers. Rien de tel avec Proust. Il est vrai que je ne me suis pas contenté de le relire : j'ai *vécu* littéralement avec lui. Ou, plus exactement : j'ai vécu *de ce qu'il avait déposé en moi. Un amour de Swann* et les *Jeunes Filles en fleurs* ont pénétré ma conscience et, l'ayant fait, ont continué à y poursuivre leur itinéraire intérieur. Même quand je les croyais morts et engloutis dans l'oubli, ils étaient toujours là, prêts à resurgir à mon appel pour me chanter « les refrains oubliés du bonheur ». Non pas n'importe lequel, mais mon bonheur *à moi,* celui que je n'ai plus jamais retrouvé par la suite car il était indissolublement lié aux élans, aux émotions et aux enthousiasmes de ma jeunesse.

Mais pourquoi parler de *Swann* ou des *Jeunes Filles en fleurs?* Bien moins que ses livres, ce furent mes contacts personnels avec leur auteur qui exercèrent sur mon esprit une influence décisive. Ces contacts se concrétisèrent tout d'abord par un échange de lettres que l'on trouvera reproduites ici pour la première fois; puis, par l'entretien que nous eûmes dans un salon privé du Ritz, auquel les murs tendus de rose, faiblement éclairés par une lampe de chevet, donnaient l'apparence d'une grotte marine. C'est là que s'établit entre nous une de ces « communications immédiates » – si rares dans la vie – où l'essentiel de ce que chacun veut transmettre à l'autre est situé bien au-delà des mots.

Ainsi naquit l'essai sur *la Musique du Temps perdu* qui occupe la première moitié de ce volume.

Écrit entre 1922 et 1924, c'est le premier texte un peu complet qui soit sorti de mes mains. L'aurais-je rédigé, même si l'auteur de *La Prisonnière* ne m'y avait pas convié? J'en demeure convaincu. Car les idées principales contenues dans cet essai étaient exactement situées dans l'axe de mes propres préoccupations.

A cette époque, je n'avais pas encore subi la fascination de l'Histoire et j'aurais répondu par un sourire incrédule à ceux qui auraient énuméré devant moi la liste des ouvrages que je devais publier par la suite. Je n'avais pas d'autre ambition que de devenir musicien. Je ne pouvais imaginer de vocation plus belle, depuis le jour où, montant au pupitre de chef d'orchestre de la petite salle de concert de la *Schola Cantorum,* j'avais dirigé la *Symphonie Héroïque* de Beethoven sous le regard bienveillant de Vincent d'Indy. Ce jour-là, je m'étais senti emporté par un torrent de puissance et de liberté dont j'étais certain de ne jamais trouver l'équivalent ailleurs et je m'étais juré de devenir, moi aussi, un créateur d'architectures sonores.

Et puis, à force d'analyser le sentiment de libération et d'élargissement sans pareil que m'apportait la musique, j'en vins à me demander si celle-ci n'était pas autre chose qu'une juxtaposition de sons; si elle n'était pas, dans son essence, l'ébauche d'un langage total et universel, capable de vaincre l'incommunicabilité des êtres pour lui substituer l'unanimité des cœurs. J'avais étudié passionnément les écrits des musiciens de la Renaissance qui avaient fondé l'opéra italien; j'avais lu les frères Schlegel, Novalis, Schopenhauer, Nietzsche et les pages de Wagner sur *la Musique de l'Avenir*. J'avais consulté un essai peu connu de Jean-Jacques Rousseau consacré à l'*Origine des Langues*. J'avais médité le texte de Mallarmé sur *La Musique et les Lettres* : Tous m'avaient confirmé dans mon pressentiment que « la musique était une tentative de refaire l'unité humaine » (comme devait le dire si bien Roger Secrétain) et j'avais déjà consacré plusieurs études à ce thème. Certaines d'entre elles avaient paru dans des revues d'avant-garde; les autres ont disparu – petits îlots annonçant l'approche d'un continent plus vaste, encore noyé dans l'inconnu.

Et voilà qu'une première lecture de *la Recherche du Temps perdu* me révélait que son auteur était animé de la même préoccupation que moi; que lui aussi voyait dans la musique un langage capable de briser les cloisons que nos durées individuelles érigeaient autour de nous; que son œuvre n'était pas un roman psychologique, ni un simple recueil de souvenirs mais – comme il devait l'affirmer à Jacques Rivière « une quête de la Vérité, un ouvrage dogmatique et une construction... pleine de croyances intellectuelles » dont il poursuivrait inlassablement la mise à jour jusqu'à l'heure de sa mort. Voilà qui donnait à *la Recherche du Temps perdu* une tout autre dimension que n'aurait pu le laisser croire une lecture superficielle!

Parmi ces « croyances intellectuelles », quelle était celle que Proust considérait comme la plus haute et la plus riche d'enseignements, sinon le rôle particulier qu'il assignait à la musique? Et dès lors, comment ne pas chercher à la définir en dégageant du reste de l'œuvre les passages qu'il lui avait consacrés et la décrire en l'identifiant, selon ses propres termes, au « petit fragment d'or pur que l'on voit scintiller au sommet de la flèche d'une église et que l'édifice entier hausse éperdument à la rencontre du ciel »?

Je me rends bien compte, aujourd'hui, combien ces pages, écrites d'une plume frémissante mais inexperte, sont à la fois trop abstraites et mal articulées. Elles ressemblent à un paysage non encore dégagé des brumes matinales qui le baignent. Mais qu'y faire? Écrire pour soi-même sans trop se soucier de ce qu'en penseront les autres est un travers commun à bien des débutants.

Quoi qu'il en soit, ce texte parut en 1924, aux Éditions du Sagittaire, dans une édition tirée à mille exemplaires, qui fut vite épuisée. Il me valut une lettre élogieuse de Mauriac, surpris d'apprendre que l'auteur de *La Prisonnière* avait aspiré, pendant un temps, à la « Communion des Saints », et quelques lignes dépitées de Claudel, qui n'aimait guère Proust et supportait mal que je le qualifie de « plus grand écrivain de ce siècle ». Comme le tirage réduit de mon essai excluait tout service de presse, il ne souleva aucun écho.

Les années s'écoulèrent. D'autres travaux accaparèrent mon esprit. Ils reléguèrent dans le lointain les réflexions que m'avait inspirées la « petite phrase » de Vinteuil.

Soudain, en 1957, un ami bien intentionné voulut les exhumer. Il était éditeur. Par malheur, sa maison périclita huit jours après la parution du livre, en sorte que personne — ou presque — n'en eut connaissance. Seuls quelques exemplaires échappèrent au naufrage...

Mais si cette exhumation fut sans lendemain, elle ne fut pas sans profit. Elle m'amena à relire mon essai avec un regard neuf et, surtout, à procéder à une nouvelle lecture des quinze volumes de *la Recherche du Temps perdu.* Il en résulta une double confrontation : d'abord avec Marcel Proust; ensuite avec moi-même. Je pris alors conscience d'une chose qui me stupéfia. Les élans, les ferveurs et les enthousiasmes de ma jeunesse que je croyais définitivement engloutis par le passé, ne l'étaient pas. Ils avaient continué à vivre en moi, comme un verger secret. Étroitement associés à l'ombre de Marcel Proust, et – plus précisément – à la soirée inoubliable où, allongé sur un lit de repos, l'auteur de *Swann* avait posé sur moi son regard interrogateur et où j'avais longuement retenu entre les miennes ses mains de moribond gantées de coton gris, ils avaient survécu et étaient prêts à resurgir du fond de ma mémoire, aussi frais qu'au premier jour. Oui, un verger secret, miraculeusement préservé des atteintes du temps...

C'est alors que je décidai de relater les circonstances qui avaient entouré cet épisode de ma vie et de les joindre à mon essai sur la *Musique du Temps perdu,* sous le titre *Retour à Marcel Proust.* (J'aurais pu aussi bien les intituler « Retour sur moi-même ».) On y trouvera décrits mon séjour à Mayence; mes visites à Ernst Robert Curtius, à Marbourg, où il détenait la chaire de littérature romane; ma correspondance avec Proust; mon entretien avec lui dans un salon de l'hôtel Ritz; les conditions dramatiques dans lesquelles j'appris sa mort; l'extraordinaire représentation des *Maîtres Chanteurs* de Wagner à l'Opéra de Wiesbaden, durant la nuit qui précéda l'occupation de la Ruhr; mon retour à Paris; la mort de mon père; la rédaction de mon essai sur *Proust et la Musique;* mon inquiétude et mes hésitations; enfin l'encouragement que m'apporta la visite inattendue de celle en qui je me complaisais à voir – à tort ou à raison – la « Messagère de l'Invisible ».

Ces passages remplissent toute la seconde moitié de ce livre. Ce sont aussi les plus faciles à lire. Que le lecteur ne m'en veuille pas de les avoir réservés pour la fin. C'était le seul moyen de respecter l'ordre chronologique.

J'aurais aimé que ces pages aident ceux qui les liront à acquérir une compréhension plus exacte de cette prodigieuse exploration de l'âme humaine qu'est *la Recherche du Temps perdu*. Aussi à leur permettre de mieux saisir le combat épuisant que Proust livra, jusqu'à son dernier souffle, d'abord pour *vaincre* le temps et « accéder à une vraie vie »; ensuite, y ayant renoncé, pour le *retrouver,* transfiguré par l'art.

Ai-je réussi à dégager, d'une façon convaincante, ce cheminement profond de la pensée proustienne? Je l'espère, bien qu'il soit difficile de séparer les conceptions philosophiques de l'auteur du contexte romanesque qui leur sert de support.

Faute d'avoir pu me livrer à une exégèse plus complète, que mes lecteurs trouvent au moins ici une image du jeune homme que j'ai été aux alentours de mes vingt ans. Car c'est Proust, encore une fois, qui l'a fait resurgir du passé.

LA MUSIQUE DU TEMPS PERDU

I

J'ai longtemps cherché...

J'ai longtemps cherché un titre qui convînt à cette étude, car il est souvent plus facile d'écrire que de définir ce que l'on a écrit. Marcel Proust lui-même m'avait encouragé à l'entreprendre et je comptais beaucoup sur lui pour me tirer d'embarras. Hélas! lorsque je reposai la plume, l'auteur de Swann n'était plus. Ne pouvant le consulter, je demandai conseil à plusieurs de mes amis qui connaissaient bien son œuvre. Leurs suggestions contradictoires ne firent qu'accroître ma perplexité. De guerre lasse, je finis par intituler mon essai : *La Musique et l'Immortalité dans l'œuvre de Marcel Proust.*

C'étaient de bien grands mots. Non seulement ce titre ne me satisfaisait qu'à moitié, mais je lui trouvai bientôt un ton prétentieux qui acheva de me déplaire. N'eût-on pas dit l'annonce d'une thèse sur l'auteur des *Jeunes Filles en fleurs,* où tous les passages de son œuvre relatifs à la musique auraient été méthodiquement classés et inventoriés ? N'était-ce pas décourager d'avance le lecteur que de lui présenter sous les traits d'une analyse ce qui était au contraire le fruit d'une recherche passionnée où la ferveur tenait une plus grande place que l'esprit critique? J'ai donc fini par choisir le titre qui s'inscrit en tête de ces pages : *« La Musique du Temps perdu »,* convaincu de n'en point découvrir d'autre qui s'ajuste mieux à ma pensée.

Cet essai n'est, en effet, ni un répertoire ni un inventaire. Mais il n'est pas non plus un recueil d'anecdotes sur « Proust et les Musiciens ». Dieu sait pourtant si son œuvre en fournirait la matière! Que l'on relise les pages où il dépeint « l'amateur de musique », sous les traits de la redoutable Mme Verdurin, « Norne du wagnérisme et de la migraine », ou de Mme de Cambremer « dont la bouche s'emplissait d'eau lorsqu'on lui parlait de Chopin ». Que l'on se remémore la description parfois féroce qu'il nous fait de certains publics de concerts ou de salons « avec leurs tics et leurs goûts dictés par le snobisme et l'ignorance la plus exclusive ». Parmi la foule des invités qui se pressaient aux réceptions de la marquise de Sainte-Euverte ou de la duchesse de Guermantes, la plupart auraient sans doute approuvé sans réserve cette affirmation d'une grande dame de cette époque : « Reconnaissez, monsieur, que le plus grand service que puisse rendre la musique, c'est d'accroître la vivacité de la conversation. »

Le mérite de Proust est d'avoir assigné à la musique un rôle bien différent de celui que lui attribuaient la plupart des milieux mondains qu'il fréquentait dans sa jeunesse. C'est ce rôle que nous allons nous efforcer de mettre en lumière, car il nous semble qu'aucun écrivain français n'a parlé de la musique avec autant de pénétration. La place privilégiée qu'elle occupe dans son œuvre reflète celle, non moins privilégiée, qu'elle tenait dans sa vie. Ce qu'il lui demandait, c'était bien plus que du plaisir, plus encore que de la joie : une promesse de libération et comme une chance de survie. Chaque fois qu'il aborde ce sujet, c'est avec l'accent d'un amant parlant de sa maîtresse, d'un mystique parlant de son Dieu. Malade depuis de longues années, cloîtré dans sa chambre capitonnée de liège, environné de piles de manuscrits rongés par la fumée de ses fumigations, ce qu'il a demandé à l'art, et plus particulièrement à la musique, c'était de le délivrer non seulement des angoisses que lui causaient ses crises d'étouffement, mais aussi de celle, plus profonde, que suscitait en lui le spectacle d'un univers voué à la lente érosion du temps où les êtres, murés dans leur durée individuelle, semblent à tout jamais incapables de communiquer entre eux.

N'oublions d'ailleurs pas que lui aussi a longtemps hésité sur le titre qu'il convenait de donner au dernier volume de son œuvre. Primitivement, il songeait à l'appeler *« L'Adoration perpétuelle »*. Puis, avec le temps, s'étant convaincu qu'il ne parviendrait jamais à détenir « le secret de la vérité et de la beauté à demi pressenties, à demi incompréhensibles, dont la connaissance était le but vague, mais permanent de sa pensée », il s'était résigné à l'intituler *« Le Temps retrouvé »,* sachant, mieux que quiconque, tout ce que ce choix contenait de renoncement et de tristesse.

Mais même si *la Recherche du Temps perdu* se solde par un échec – non point sur le plan de la réussite artistique, mais dans l'écart toujours grandissant entre l'objectif qu'il se proposait d'atteindre et celui auquel il a abouti – les quinze volumes qui la composent n'en constituent pas moins un des édifices les plus somptueux de notre littérature. Ce récit continu couvre environ trente ans de vie française, trente ans qui correspondent, dans le domaine musical, à la prodigieuse floraison de chefs-d'œuvre qui va de César Franck à Maurice Ravel, en passant par Fauré et Debussy. Pourtant, les auditions importantes qui ont marqué cette époque – création de *Pelléas et Mélisande* à l'Opéra-Comique, concerts donnés par les chœurs de la Chapelle Sixtine au Trocadéro, premiers ballets russes de Serge de Diaghilev au Châtelet – ne sont évoquées qu'en passant, comme pour recréer une sorte de « couleur locale » dans le temps.

Proust n'était cependant pas un de ces écrivains qui ne recourent à la musique que pour évoquer des « états d'âme », ou ne semblent en apprécier que le côté descriptif. Il savait pénétrer jusqu'à son essence la plus intime. Son goût très sûr, joint à l'étendue de sa culture musicale, lui permettait d'aimer l'*Armide* de Lulli ou l'*Orphée* de Gluck, au même titre que *L'Oiseau de Feu* de Strawinsky ou les *Gymnopédies* d'Érik Satie. (N'a-t-il pas dit que les deux acrobates de *Parade* lui paraissaient « beaux comme les Dioscures »?) Il aimait aussi « les modulations fiévreuses, poignantes et désolées » des mélodies de Schumann, et la grâce mélancolique des nocturnes de Chopin dont les phrases « au long col sinueux et démesuré commencent bien loin du point où on avait pu espérer qu'atteindrait leur vol et ne se jouent dans cet écart de fantaisie que pour venir plus délibérément – d'un retour plus prémédité, avec plus de précision, comme sur un cristal qui résonnerait jusqu'à faire crier – vous frapper au cœur ».

Dans Wagner, qu'il cite si souvent, ce que préférait l'auteur d'*Albertine disparue,* c'était *Tristan,* où il voyait « l'expression la plus sublime de l'attente et du désir ». Il goûtait aussi « la sorte de tendresse, de sérieuse douceur dans la pompe et dans la joie » qui caractérisent certaines pages de *Lohengrin,* ou encore l'ambiance florale et sacrée qui baigne le deuxième acte de *Parsifal,* et qui rejoignait dans son esprit la floraison des aubépines « dont l'ardeur intermittente formait comme un murmure autour de l'autel empanaché de blanc de l'église de Combray ». Aussi ne peut-on résister au désir de citer ici, comme un frontispice au présent ouvrage, ce passage évocateur de Georges de Lauris, écrit à la suite d'une excursion avec l'auteur des *Jeunes Filles en fleurs :* « Nous avons été à Laon, à Coucy. Il est monté même, malgré ses étouffements et sa fatigue, jusqu'à la plate-forme de la grande tour, celle que les Allemands ont abattue. Je me rappelle qu'il montait, appuyé au bras de Bertrand de Fénelon, qui, pour l'encourager, chantait à mi-voix *L'Enchantement du Vendredi Saint.* C'était en effet un Vendredi Saint, avec les arbres fruitiers en fleurs sous le premier soleil. »

Mais bien qu'il se référât souvent à *Tristan* et à *Parsifal,* son musicien préféré n'était pas Wagner, mais Beethoven. Ce qu'il admirait le plus dans son œuvre, ce n'était pas tant la fougue irrésistible de l'*Héroïque,* ou la grande nuit striée d'éclairs de l'*Appassionnata,* c'était la tendresse apaisée qui déborde des dernières sonates pour piano ou du finale du XVe quatuor à cordes. Proust voyait dans ces thèmes amples et chantants, d'une inspiration si personnelle bien qu'apparentés aux airs populaires, « que le fait d'avoir été transmis de génération en génération a réduits à l'essentiel en les dépouillant de tout ornement superflu », la quintessence même de la musique. Et sans doute n'avait-il pas tort, car jamais peut-être une âme humaine n'a exprimé avec plus de bonheur la sérénité qui l'envahit lorsqu'elle a triomphé de ses orages intérieurs. Que l'on songe, en particulier, à l'andante avec variations qui sert de conclusion à la 32e sonate pour piano, dont le thème ne semble se perdre que pour mieux se retrouver et se dissoudre enfin dans un ruissellement paradisiaque, semblable au scintillement d'un glacier touché par les premiers feux de l'aurore, mais d'une aurore qui ne serait déjà plus de ce monde. Nous savons, parce qu'il nous l'a dit, que c'est à ce thème qu'il a pensé lorsqu'il a écrit ces lignes admirables : « Elle (la petite phrase de Vinteuil) était encore là... Tel un arc-en-ciel dont l'éclat faiblit, s'abaisse, puis se relève et, avant de s'éteindre, s'exalte un moment comme il ne l'avait pas encore fait, aux deux couleurs qu'elle avait jusque-là laissé paraître, elle ajouta d'autres ondes diaprées, toutes celles du prisme, et les fit chanter. Swann n'osait pas bouger, comme si le moindre mouvement aurait pu compromettre le prestige délicieux et fragile qui était si près de s'évanouir. Personne, à vrai dire, ne songeait à parler. La parole ineffable d'un seul absent, peut-être d'un mort (Swann ne savait pas si Vinteuil vivait encore) s'exhalant au-dessus des rites de ces officiants, suffisait à tenir en haleine l'attention de trois cents personnes et faisait de cette estrade où une âme était ainsi évoquée, un des plus nobles autels où pût s'accomplir une cérémonie surnaturelle. »

Durant toute sa vie, Proust s'est tourné vers Beethoven pour lui demander, avec l'apaisement de l'esprit, le secret des victoires qu'il avait remportées sur lui-même. « C'est là », disait-il, « quand tout me paraît morne et stérile, que je retrouve le chemin de mes certitudes les plus chères. » Dès avant la publication de son premier volume, il écrivait à son ami Louis de Robert qu'il ne désirait « plus que deux choses, mais celles-là intensément : voir l'exposition de Claude Monet à la galerie Manzi, et entendre les derniers quatuors du maître de Bonn ». Dix ans plus tard, une de ses dernières lettres, adressée à Ernst Robert Curtius quelques jours avant sa mort, évoque « le thème sublime du finale du XVe quatuor ».

Et sans doute n'était-ce pas sans raison que l'auteur d'*Albertine disparue* se sentait une affinité profonde avec le compositeur de *Fidelio*. Certes, leurs tempéraments étaient bien dissemblables. L'un était un Titan dressé contre l'adversité, dont l'œuvre s'achève malgré tout par un tourbillon de joie. L'autre, miné par la maladie, n'était que l'ombre de lui-même et devait terminer sa vie dans un désenchantement total. Mais, sur un plan plus intime, il y avait, malgré les apparences, bien des traits communs. D'abord la maladie : que l'on songe à l'un, cloîtré dans sa chambre obscure, hermétiquement protégée contre les bruits du dehors; à l'autre, muré dans la prison plus étroite encore de sa surdité. Ensuite, le sacrifice total de leur personne à leur art. N'ont-ils pas lutté tous deux jusqu'à leur dernier souffle, « pour convertir les forces de l'âme en habileté et en splendeur, afin de refaire l'unité dans les esprits épars et de rendre le calme aux cœurs troublés »? N'était-ce pas assez pour accorder en eux plus de choses qu'on ne le soupçonnerait, et donner à leur soif de tendresse, à leur besoin de communion, cette plénitude et cette richesse qui sont le signe distinctif d'un amour profond de la vie?

Ajoutons à cet amour pour Wagner et Beethoven (l'un plus fastueux et plus sensuel, l'autre plus dépouillé et plus intérieur) l'inclination particulière que Proust ressentait pour le chant grégorien – dont l'Alleluia de Pâques lui rappelait les chapiteaux romans de l'église de Combray – et pour l'atmosphère à la fois liturgique et populaire de *Boris Godounov,* auquel il fait allusion à plusieurs reprises dans un passage de *La Prisonnière,* dont le titre initial – « Les cris de Paris » – semble emprunté à un motet de Clément Janequin :

« C'est l'enchantement des vieux quartiers aristocratiques (de la capitale) », écrit-il, « d'être, à côté de cela, populaires. Comme parfois les cathédrales en eurent, non loin de leur portail (à qui il arriva même d'en garder le nom, comme celui de la cathédrale de Rouen, appelé " des Libraires " parce que contre lui ceux-ci exposaient en plein vent leurs marchandises) divers petits métiers, mais ambulants, passaient devant le noble hôtel de Guermantes et faisaient penser par moments à la France ecclésiastique d'autrefois. Car l'appel qu'ils lançaient aux petites maisons voisines n'avait, à de rares exceptions près, rien d'une chanson. Il en différait autant que la déclamation – à peine colorée par des variations insensibles – de *Boris Godounov* ou de *Pelléas;* mais d'autre part, il rappelait la psalmodie d'un prêtre au cours d'offices dont ces scènes de la rue ne sont que la contrepartie bon enfant, foraine, et pourtant à demi liturgique... Bien distincts dans ce quartier si tranquille, m'arrivaient, chacun avec sa modulation différente, des récitatifs déclamés par ces gens du peuple comme ils le seraient dans la musique, si populaire, de Moussorgski, où une intonation initiale est à peine altérée par l'inflexion d'une note qui se penche sur une autre, musique de la foule *qui est plutôt un langage qu'une musique.* »

On voit par là combien était vaste l'horizon musical de Proust. Bien que n'étant pas musicien lui-même, c'était beaucoup plus qu'un dilettante : un amateur éclairé, en donnant à ces mots leur sens le plus littéral. Les œuvres qu'il préférait résultaient d'un choix personnel, parce qu'il avait découvert en elles des correspondances secrètes avec ce qu'il avait à dire lui-même, et la mode en musique pouvait lui être indifférente parce qu'il possédait un jugement assez sûr pour ne suivre que ses propres goûts. Il n'était pas de ceux, nous dit-il avec humour, « à qui le devoir dicte de fuir dans l'art comme dans la vie, la beauté qui les tente, et qui, s'arrachant à *Tristan* et à *Parsifal,* parviennent, de mortification en mortification et par le plus sanglant des chemins de croix, à s'élever jusqu'à l'adoration parfaite du *Postillon de Longjumeau* ».

Quant à la sonate de Vinteuil (dont nous avons vu tout à l'heure qu'elle avait évoqué par moments dans son esprit les variations de la dernière sonate pour piano de Beethoven), voici ce qu'il en a dit dans une lettre adressée à Jacques de Lacretelle :

« Dans la mesure où la réalité m'a servi, mesure très faible à vrai dire, la petite phrase de cette sonate est (pour commencer par la fin) dans la soirée Sainte-Euverte, la phrase charmante, mais enfin médiocre, d'une sonate pour piano et violon de Saint-Saëns, musicien que je n'aime pas. (Je vous indiquerai exactement le passage, qui était le triomphe de Jacques Thibaud.)

Dans la même soirée, un peu plus loin, je ne serais pas surpris qu'en parlant de la petite phrase, j'eusse pensé à *L'Enchantement du Vendredi Saint;* dans cette même soirée encore, quand le piano et le violon gémissent comme deux oiseaux qui se répondent, j'ai pensé à la sonate de Franck (surtout jouée par Enesco), dont le quatuor apparaît dans un des volumes suivants. Les trémolos qui couvrent la petite phrase chez les Verdurin m'ont été suggérés par le prélude de *Lohengrin,* mais elle-même, à ce moment-là, par une chose de Schubert. Elle est enfin, dans la même soirée, un ravissant morceau de Fauré. »

Nous voilà donc fixés. Vouloir chercher à savoir à tout prix *qui* est Vinteuil est non seulement absurde, mais sans objet. Persister dans cette voie serait s'interdire de comprendre les méthodes de travail de Proust, sa conception de l'art et même les vérités les plus profondes qu'il s'est efforcé de nous révéler. La grande clé du *Temps perdu,* Proust nous la donne dans ce texte, à savoir qu'*il n'y a pas de clés.* Ou s'il y en a, c'est sur un autre plan qu'il faut les découvrir. Une phrase musicale qui serait *à la fois* du Beethoven, du Saint-Saëns, du Wagner, du Franck, du Schubert et du Fauré n'a manifestement jamais été inscrite sur du papier à musique. Elle n'est qu'un simple support, le symbole que Proust a choisi pour exprimer la musique tout entière (comme la duchesse de Guermantes n'est pas telle ou telle personne dont le nom et l'adresse figurent dans le Bottin mondain, mais l'incarnation de l'aristocratie, et Françoise, non point telle ou telle paysanne normande, mais une créature fictive en qui viennent converger toutes les vertus traditionnelles de la campagne française). De même, le Vinteuil du *Temps perdu* n'est pas tel ou tel musicien dont on pourrait finir par connaître la date et le lieu de naissance, mais l'image idéale que Proust s'est faite de celui dont la vocation est de s'exprimer au moyen des sons, et qui, « découvrant les lois secrètes d'une force inconnue, mène à travers l'inexploré, vers le seul but possible, l'attelage invisible qui le ramènera vers sa patrie perdue ».

Car c'est en définitive cette « patrie perdue » que Proust s'est efforcé sans cesse de retrouver, en demandant tantôt à sa mémoire, tantôt à la musique, de lui révéler les sentiers effacés qui y ramènent.

Dans une page où il analyse le rôle du critique, l'auteur des *Jeunes Filles en fleurs* déclare que celui-ci ne remplirait pas pleinement sa tâche s'il se bornait à analyser l'œuvre qu'il étudie, mais devrait aller plus loin, « en s'efforçant de reconstituer ce que pourrait être la vie spirituelle d'un écrivain hanté de réalités si spéciales ».

C'est ce que j'ai eu l'ambition de tenter ici, et je n'aurais certes jamais osé l'entreprendre, si Proust lui-même n'avait placé entre mes mains le fil d'Ariane sans lequel je me serais égaré dans le labyrinthe du *Temps perdu*. Grâce à lui, j'ai pu demander à l'œuvre et à l'homme de me livrer quelques-uns de leurs secrets. Sans doute n'y ai-je que très imparfaitement réussi. Mais les trésors inattendus que m'ont livrés l'un et l'autre m'ont paru suffisants pour justifier cette étude. Parvenu au terme de mon investigation, ce ne fut pas sans être saisi d'une sorte de vertige qu'il me fut donné d'entrevoir quelques-unes des profondeurs que renferme *la Recherche du Temps perdu*. Comme l'œuvre me parut alors plus vaste – et plus riche de signification – que l'image superficielle qu'on s'en faisait d'habitude! Je les découvris, à la lumière de mon enquête musicale, avec une émotion semblable à celle de l'historien d'art qui s'aperçoit tout à coup, dans le *Jugement dernier* de la Chapelle Sixtine par exemple, qu'à tel personnage en apparence secondaire, Michel-Ange s'est plu à donner son propre visage. Constatation qui confère en quelque sorte une signification inattendue à la fresque tout entière.

Dans un article paru dans *Le Temps* du 10 décembre 1913 – un des premiers qui aient été consacrés à Proust – Paul Souday se demande ce que vient faire, entre deux chapitres qui ont trait à l'enfance de l'auteur, cet épisode séparé, comme fermé sur lui-même, situé bien avant sa naissance, intitulé *Un amour de Swann,* dont les personnages évoluent à travers d'autres milieux et à une tout autre époque que ceux qui sont décrits dans le reste de l'ouvrage. Souday y voyait « comme un corps étranger, un élément disparate, qui risquait de compromettre la continuité du récit ».

Pourtant, cette discontinuité signalée par le critique recouvre, en réalité, une continuité très profonde. Elle était invisible alors, pour tout autre que pour l'auteur. Mais aujourd'hui nous possédons l'ensemble de son œuvre et disposons, par là même, des moyens de la juger. Sans le chapitre consacré à *Un amour de Swann,* nous ne connaîtrions pas la vérité cachée qu'elle recèle et, tout entiers absorbés par la peinture des personnages, nous ignorerions toujours l'alchimie mystérieuse qui permet à la musique de triompher du Temps.

II

L'essence cachée des choses

A qui se propose de partir « à la Recherche du Temps perdu », aucun détail du passé, si infime soit-il, ne doit rester indifférent. On a beaucoup vanté la mémoire de Proust; on s'est émerveillé de son acuité et de sa minutie. On a moins dit, en revanche, que cette mémoire stupéfiante, comme dilatée par l'excès de ses propres richesses, avait d'abord été nourrie par des dons d'observation peu communs. Pour être à même de se remémorer tant de choses, ne fallait-il pas d'abord les avoir ressenties ?

Ce qui frappe, en effet, chez l'auteur de *Swann,* c'est l'étendue exceptionnelle de ses sensations et la variété des registres dont il s'est servi pour les exprimer. Sa culture très vaste, son intelligence toujours en éveil et la qualité presque tactile de sa sensibilité, lui ont permis d'enregistrer une masse de notations psychologiques et de s'intéresser aux aspects les plus divers de la vie. Il a « perdu son temps » avec un éclectisme rare. Jour après jour, il a accumulé dans sa mémoire une multitude d'observations, qu'il n'a plus eu ensuite qu'à « retrouver » au fond de lui-même. Non seulement il a rempli ses livres d'une foule de personnages, mais il y a exprimé ses idées sur presque tous les arts – la littérature, l'art dramatique, la musique, la peinture, l'architecture, même la stratégie – sans jamais nous donner l'impression d'écrire des « morceaux de bravoure ». Qu'il s'agisse d'Elstir analysant la composition d'un tableau, de Saint-Loup confrontant des schémas de batailles ou de Bergotte définissant l'éthique du romancier, toujours la description fait corps avec le récit, voire avec le caractère de celui qui l'expose.

C'est que, pour Proust, l'art n'est pas une création abstraite, située en marge de la vie. Il ne se surajoute pas aux choses, mais naît directement d'elles. Il n'est pas non plus une pure émanation de l'esprit, mais l'expression transposée de l'univers qui nous entoure. Pour lui, parler d'art c'est à peine s'écarter du domaine de la psychologie. Et parce qu'il n'y a pas d'hiatus entre la nature et l'homme, entre l'homme et la beauté, il peut passer de l'un à l'autre par des transitions insensibles. Sous ses doigts, la vie devient de l'art, comme l'art devient de la vie. Tout, dans la nature, peut engendrer de la beauté, mais cette beauté reste latente, virtuelle, « en puissance », tant qu'elle ne rencontre pas un être humain pour la ressentir et l'exprimer.

Toute beauté, comme on le voit, naît d'une correspondance, d'une fécondation réciproque. Mais, pour que cette fécondation ait lieu, encore faut-il que nous prenions conscience des rapports invisibles qui nous unissent aux choses. Lorsque nous faisons un effort pour nous rapprocher d'elles, nous les imprégnons de notre substance, leur conférant ainsi une valeur qu'elles n'avaient pas auparavant. Et elles, comme pour nous remercier de les avoir tirées de leur sommeil, nous enivrent d'un sentiment de bonheur et de liberté.

Dans un passage rarement cité de *Pastiches et Mélanges,* Proust nous fait assister à cette montée de la matière s'humanisant au contact d'une sensibilité humaine et se transformant en beauté. « L'automobile », écrit-il au retour d'une promenade, « s'était arrêtée au coin d'un chemin creux, devant une porte feutrée d'iris défleuris et de roses. Nous étions arrivés à la demeure de mes parents. Le mécanicien donna de la trompe pour que le jardinier vienne nous ouvrir, cette trompe dont le son nous déplaît par sa stridence et sa monotonie, mais qui pourtant, comme toute matière, peut devenir beau s'il s'imprègne d'un sentiment. Au cœur de mes parents, il a retenti joyeusement, comme une parole inespérée... " Il me semble que j'ai entendu... Mais alors ce ne peut être que lui! " Ils se lèvent, allument une bougie, tout en la protégeant contre le vent de la porte qu'ils ont déjà ouverte dans leur impatience, tandis qu'au bas du parc, la trompe, dont ils ne peuvent plus méconnaître le son devenu joyeux, presque humain, ne cesse plus de jeter son appel, uniforme comme l'idée de leur joie prochaine, pressant et répété comme leur anxiété grandissante. Et je songeais que dans *Tristan et Isolde* (au deuxième acte d'abord, quand Isolde agite son écharpe comme un signal; au troisième acte ensuite, à l'arrivée de la nef), c'est la première fois, à la redite stridente, indéfinie et de plus en plus rapide de deux notes dont la succession est quelquefois produite par le hasard dans le monde inorganisé des bruits; c'est, la deuxième fois, au chalumeau d'un pauvre pâtre, à l'intensité croissante, à l'insatiable monotonie de sa maigre chanson, que

Wagner, par une apparente et géniale abdication de sa puissance créatrice, a confié l'expression de la plus prodigieuse attente de félicité qui ait jamais rempli l'âme humaine. »

Surtout, que l'on n'aille pas voir, dans cet admirable crescendo, où l'on passe d'un bruit inorganisé à un des sommets de l'art, un artifice littéraire, un trait de virtuosité. En écrivant ces lignes, Proust ne s'est pas livré à un simple plaisir d'esthète : il a voulu nous rendre sensible un des aspects fondamentaux de sa philosophie. Les passages de ce genre abondent dans son œuvre. Qu'il s'agisse d'un fragment de madeleine trempé dans une tasse de thé, du triangle d'or découpé dans le ciel par les clochers de Martinville ou de deux pavés inégaux dans la cour de l'hôtel de Guermantes, c'est toujours au même processus mental qu'il se réfère. En multipliant les allusions aux présences cachées qui se dissimulent derrière les choses, en nous invitant à aller au-delà des apparences afin de les découvrir, l'auteur de *Du côté de chez Swann* ne cherche nullement à nous éblouir par son pouvoir d'évocation. Il veut nous faire participer à une conviction qui lui est chère : à savoir que tous les objets qui nous entourent ne sont que l'enveloppe de réalités plus profondes et que notre mémoire contient, en définitive, beaucoup plus que des souvenirs.

De là son adhésion à la croyance celtique selon laquelle « les âmes de ceux que nous avons perdus sont captives dans quelque être inférieur, dans une bête, un végétal, une chose inanimée, perdues en effet pour nous jusqu'au jour, qui pour beaucoup ne vient jamais, où nous nous trouvons passer près de l'arbre, entrer en possession de l'objet qui est leur prison. Alors elles tressaillent, nous appellent, et, sitôt que nous les avons reconnues, l'enchantement est brisé. Délivrées par nous, elles ont vaincu la mort et reviennent vivre avec nous ».

L'artiste de génie est celui qui détient, plus fortement que d'autres, le pouvoir de « libérer l'âme cachée des choses ». Sans doute « crée-t-il » son œuvre, en ce sens qu'elle ne saurait exister sans son intervention. Mais il ne peut l'édifier qu'en prélevant dans la nature des éléments préexistants, qui n'attendaient que son passage pour lui révéler leur secret.

Car la légende ne dit pas que ce sont « n'importe quels êtres » qui répondent à notre appel, mais ceux-là seulement « que nous avons connus ». Il faut que nous les ayons perdus, pour pouvoir les retrouver. Le lien qui nous lie à eux n'a en réalité jamais été brisé; il a seulement été recouvert par les alluvions de l'oubli. Ce qui distingue l'art véritable de ses contrefaçons, c'est qu'il est, au sens le plus fort du terme, *une résurrection.* Pour beaucoup, le jour ne vient jamais où leurs pas les guident vers les êtres qu'ils ont perdus. Ou, s'ils passent dans leurs parages, ils restent sourds à leur appel. Ils n'ont pas la ferveur qui leur permettrait d'entendre leur supplication. Pour ceux-là, le monde reste irrémédiablement muet. Ils ont beau frapper à toutes les portes : elles demeurent fermées — ou ne « donnent » sur rien.

C'est ainsi que Proust arrive à la conclusion « que nous ne sommes nullement libres devant l'œuvre d'art, que nous ne la faisons pas à notre gré, mais que, préexistante à nous, nous devons, à la fois parce qu'elle est nécessaire et cachée, et comme nous le ferions pour une loi de la nature, la découvrir ». Mais cette découverte que l'art peut nous faire faire, « n'est-elle pas, au fond, celle de ce qui devrait nous être le plus précieux et de ce qui nous reste d'habitude à jamais inconnu, notre vraie vie, la réalité telle que nous l'avons sentie et qui diffère tellement de ce que nous croyons, que nous sommes emplis d'un tel bonheur, quand le hasard nous en apporte le souvenir véritable? ».

L'exploration du passé nous fournit en effet bien des motifs de joie. Mais elle comporte aussi un aspect tragique. Car, lorsque le passé « nous échappe », il est vain de vouloir le faire revenir par on ne sait quel effort de la raison ou de la volonté. « C'est peine perdue que nous cherchions à l'évoquer », nous assure Proust. « Tous les efforts de notre intelligence demeurent inutiles. Il est caché hors de son domaine et de sa portée en quelque objet matériel (en la sensation que nous donnerait cet objet matériel) que nous ne soupçonnons pas. Cet objet, il dépend du hasard que nous le rencontrions avant de mourir ou que nous ne le rencontrions pas. »

C'est pourquoi l'œuvre d'art ne saurait s'accommoder de théories. Celles qui en contiennent ressemblent « à des objets sur lesquels on aurait laissé la marque du prix ». Leur valeur diminue dans la mesure où on a voulu y introduire des raisonnements logiques, car ceux-ci dressent une sorte d'écran entre l'artiste et la beauté, entre l'homme et les présences secrètes que sa mission consiste à révéler aux autres. « On raisonne », écrit Proust, « c'est-à-dire on vagabonde, chaque fois qu'on n'a pas la force de s'astreindre à faire passer une impression par tous les états successifs qui aboutiront à sa fixation, à l'expression de sa réalité. » Réalité vraie, bien différente de la conception qu'on s'en fait communément, puisqu'elle ne réside pas dans l'apparence du sujet, « mais dans le degré de pénétration de cette impression, à une profondeur où cette apparence n'importe plus ». C'est cette réalité-là qu'il importe d'exprimer, non par un langage direct, mais « par la beauté des images ».

Pour Proust, chaque jour était riche d'expériences de cette nature, de « rencontres fructueuses » qui forment le contenu réel de son œuvre. Sans doute y avait-il dans celles-ci une part de hasard. Mais Proust en réduisait la marge par la délicatesse de sa sensibilité et l'orientation de son esprit. Trop conscient du caractère fugitif, imprévisible et, pour tout dire, irrationnel de la mémoire pour vouloir la faire obéir aux injonctions de sa raison, il savait que la résurrection du passé – qui était en quelque sorte la matière première de son œuvre, la substance dont il se servait pour créer de la beauté – équivalait à un miracle et ne pouvait se réaliser que loin de tout bruit, au prix d'une attention si intense qu'elle finissait par devenir douloureuse. (« L'art véritable », disait-il, « n'a que faire de proclamations et s'accomplit dans le silence. ») Mais il savait aussi que la moindre sensation – le bruit fortuit d'une cuiller contre une assiette ou la raideur empesée d'une serviette contre ses lèvres – avait le pouvoir de réveiller en lui des paysages inattendus et l'invitait à faire un voyage merveilleux au fond de lui-même, le seul que pût encore se permettre ce grand malade qui pressentait déjà, bien des années avant sa mort, que jamais plus il ne reverrait la plage de Balbec, ni les pommiers en fleur du bord de la mer.

On voit aisément comment on passe de ces conceptions

à la peinture, et comment une Venise de rêve, avec ses dômes et ses campaniles, ses lions ailés et ses palais, ses canaux et ses jardins, peut resurgir tout entière d'un rayon de lumière réfléchi dans une flaque d'eau. Le passé nous est généralement restitué sous une forme visuelle. Mais la musique? Comment la faire entrer dans cette perspective? De quelles vérités cachées est-elle le réceptacle? Qu'avons-nous perdu que nous puissions retrouver en elle? De quel passé fabuleux a-t-elle conservé le souvenir?

Pourtant, de tous les arts, c'est peut-être la musique dont Proust a parlé avec le plus de bonheur. Dès le début de son œuvre, il nous avertit qu'il en prend connaissance par autre chose qu'une qualité spéciale de sa sensibilité ou de son ouïe. C'est son esprit tout entier qu'il tend au-devant d'elle. A sa ferveur habituelle fait place une émotion plus rare encore, et les termes qu'il emploie pour en parler sont ceux avec lesquels on demande le respect pour la chose que l'on vénère par-dessus toutes :

« Persuadé », nous dit-il, « que les œuvres que j'entendais (au concert symphonique) exprimaient *les vérités les plus hautes,* je tâchais de m'élever autant que je le pouvais pour atteindre jusqu'à elles; je tirais de moi, pour les comprendre, je leur remettais *tout ce que je recelais alors de meilleur, de plus profond.* »

Un tel aveu ne mérite-t-il pas qu'on s'y arrête? Comment ne pas se laisser tenter par cette tâche, que sa difficulté même rend plus attrayante encore? Chercher à définir le fruit de cette rencontre entre « les vérités les plus hautes » et ce que Proust recelait en lui « de meilleur et de plus profond »? Loin de moi l'idée de diminuer la place que l'auteur des *Jeunes Filles en fleurs* a accordée à d'autres thèmes, à la peinture, à la création littéraire, aux intermittences du cœur. Mais si la musique ne couvre pas, dans son œuvre, la superficie la plus vaste, elle y occupe cependant la place la plus élevée. C'est le petit fragment d'or pur, à la pointe extrême de la flèche, que la cathédrale entière hausse éperdument à la rencontre du ciel.

III

Le style

« Je suis », a dit un jour Marcel Proust à Léon Daudet, « un homme qui s'est retiré du temps, pour pouvoir mieux le revivre. » Et il est vrai que le Temps est le dénominateur commun de tous ses écrits, le problème qui n'a cessé de l'obséder durant toute sa vie. Il joue dans son œuvre un rôle primordial. Toujours présent, quoique sous des aspects divers, c'est lui qui meut les rouages compliqués de *la Recherche du Temps perdu*. Il est, littéralement, le premier et le dernier mot de cet immense ouvrage, puisque *Du côté de chez Swann* débute par cette phrase : « Longtemps, je me suis couché de bonne heure », et que *Le Temps retrouvé* s'achève par ces lignes : « S'il m'était laissé assez de temps pour accomplir mon œuvre, je ne manquerais pas de la marquer du sceau du Temps, dont l'idée s'imposait à moi avec tant de force... »

Mais exprimer le Temps au moyen du langage, n'est-ce pas une gageure, puisque le langage consiste justement, comme nous l'a dit Bergson, « à résoudre le devenir en ses principaux moments, chacun de ceux-ci étant soustrait par hypothèse à la loi du temps »? Semblables à ces cristaux inertes et symétriques qui ne laissent filtrer la lumière qu'en la décomposant, instrument admirablement adapté aux spéculations de l'intelligence, scalpel fait pour découper la matière en tranches toujours plus fines, comment le langage réussirait-il jamais à traduire la fluidité du réel, l'écoulement de la durée ou la continuité du vivant? Comment lui faire épouser les courbes de la mémoire, ou les méandres de l'intuition?

Avant même de partir à la recherche du temps perdu, Proust a dû se créer son propre langage, pour pouvoir capter les réalités « si spéciales » qu'il se proposait de décrire. Il n'y est parvenu qu'en brisant la syntaxe traditionnelle, en greffant sur ses phrases des incidentes démesurées et en imaginant enfin ce style si personnel, à la fois limpide et touffu, semblable à ces étangs envahis par une végétation aquatique dont les tiges flexibles et ramifiées à l'infini obéissent autant aux lois de leur croissance qu'au flux et au reflux du courant qui les porte.

Mais il l'a fait aussi par le choix des images, et si l'on examine de près la texture de ses phrases, on s'aperçoit que, lorsqu'il a voulu exprimer une de ces réalités fugaces et insaisissables qui semblent défier qu'on les traduise par des mots, c'est en général à la musique qu'il a emprunté ses comparaisons. Il est arrivé à nous rendre sensibles des nuances aussi impalpables, par exemple, qu'un changement de régime au sein de notre subconscient :

« Comme un sommeil profond est, en moyenne, quatre fois plus reposant qu'un sommeil léger, il paraît à celui qui vient de dormir avoir été quatre fois plus long, alors qu'il fut quatre fois plus court. Magnifique erreur d'une multiplication par seize qui donne tant de beauté au réveil et introduit dans la vie une véritable novation, pareille à ces grands changements de rythme en musique qui font que dans un andante une croche tient autant de durée qu'une blanche dans un prestissimo, et qui sont inconnus à l'état de veille. »

Ailleurs, il nous explique qu'ayant pensé successivement à Florence et à Combray, « l'alternance des images avait amené chez lui un changement de front du désir et, aussi brusque que ceux qu'il y a parfois en musique, un complet changement de ton dans la sensibilité ».

Sans cesse, dans son récit, il a recours à des perceptions sonores, pour nous rendre sensibles des états intérieurs qu'aucune autre comparaison ne permettrait d'exprimer. Témoin ce passage admirable de *Swann,* où il veut nous faire sentir la présence permanente du passé dans le présent et qui, malgré sa précision – ou en raison de sa précision même – agit sur nos esprits avec la puissance d'un sortilège :

« En moi, bien des choses ont été détruites que je croyais devoir durer toujours, et de nouvelles se sont édifiées, donnant naissance à des peines et à des joies que je n'aurais pu prévoir alors, de même que les anciennes me sont devenues difficiles à comprendre. Il y a bien longtemps que mon père a cessé de pouvoir dire à maman : “ Va avec le petit ”. La possibilité de telles heures ne renaîtra jamais pour moi. Mais depuis peu de temps, je recommence à très bien percevoir, si je prête l'oreille, les sanglots que j'eus la force de contenir devant mon père et qui n'éclatèrent que quand je me retrouvai seul avec maman. En réalité, ils n'ont jamais cessé; et c'est seulement parce que la vie se tait maintenant davantage autour de moi que je les entends de nouveau, comme ces cloches de couvents que couvrent si bien les bruits de la ville pendant le jour qu'on les croirait arrêtées, mais qui se remettent à sonner dans le silence du soir. »

D'ailleurs, ce n'est pas uniquement pour traduire nos états intérieurs que Proust emprunte ses images au monde de la musique. Il y recourt également pour dire l'émotion que suscite en lui un buisson de fleurs ou une modification imperceptible dans l'intensité de la lumière.

Que l'on relise les passages où il évoque les aubépines de Combray. D'abord les fleurs elles-mêmes :

« Malgré la silencieuse immobilité des aubépines, leur intermittente ardeur était comme le murmure de leur vie intense, dont l'autel vibrait comme une haie agreste visitée par de vivantes antennes, auxquelles on pensait en voyant certaines étamines presque rousses, qui semblaient avoir gardé la virulence printanière, le pouvoir irritant d'insectes d'aujourd'hui métamorphosés en fleurs. »

Ici, l'allusion musicale n'est encore qu'à peine indiquée par la silencieuse immobilité et le murmure qui s'élève de la vie intense des fleurs. Mais cette allusion s'épanouira d'une façon inattendue, lorsque l'auteur les reverra quelques semaines plus tard :

« J'avais beau rester devant les aubépines à respirer, à porter devant ma pensée qui ne savait ce qu'elle devait en faire, à perdre, à retrouver leur invisible et fixe odeur, à m'unir au rythme qui jetait leurs fleurs ici et là, avec une allégresse juvénile et à des intervalles inattendus, comme certains intervalles musicaux; elles m'offraient indéfiniment le même charme avec leur profusion inépuisable, mais sans me le laisser approfondir davantage, comme ces mélodies que l'on rejoue cent fois de suite, sans descendre plus avant dans leur secret. »

En veut-on un autre exemple? Cette fois, Proust a recours à une comparaison musicale non pour exprimer la virulence presque entêtante d'une floraison printanière, mais au contraire le calme et la plénitude d'un bel après-midi d'été :

« On gagnait le mail entre les arches duquel apparaissait le clocher de Saint-Hilaire. Et j'aurais voulu m'asseoir là et rester toute la journée à lire en écoutant les cloches; car il faisait si beau et si tranquille que, quand sonnait l'heure, on aurait dit, non qu'elle rompait le calme du jour, mais qu'elle le débarrassait de ce qu'il contenait et que le clocher, avec l'exactitude indolente et soigneuse d'une personne qui n'a rien d'autre à faire, venait seulement – pour exprimer et laisser tomber les quelques gouttes d'or que la chaleur y avait lentement et naturellement amassées – de presser, au moment voulu, la plénitude du silence. »

Les comparaisons empruntées au domaine des sons s'accumulent à tel point, dans *la Recherche du Temps perdu,* qu'il est bien difficile de dire où y commence la musique. Bien avant le moment, à coup sûr, où Proust en parle nommément. La musique imprègne si profondément son style que c'est à l'intérieur de chaque phrase qu'il faut aller la chercher. Ces incidentes, semblables aux longues notes tenues par les archets sur les instruments à cordes, finissent par mimer inconsciemment les séquences musicales, avec leur progression continue, leur sinuosité capricieuse et leurs cadences finales qui donnent rétrospectivement leur sens aux périodes entières. Style mélodieux s'il en fut, où la présence d'une musique voilée, mais évidente, se décèle jusque dans les arabesques de la pensée et des mots. C'est elle qui fait ressembler tant de phrases des *Jeunes Filles en fleurs* aux vocalises de l'antiphonaire grégorien, notamment à l'antienne *In Paradisum* ou au graduel *Tenuit manum* du dimanche des Rameaux. Et, comme la lente circulation des eaux qui compose le fond changeant des paysages de Balbec, où les nuances délicates de mauve et de corail colorent l'océan sur lequel se détachent des théories de jeunes filles, ainsi viennent tour à tour déferler et mourir devant nous les inflexions les plus exquises que l'harmonie puisse prêter au langage :

« Je ne voyais pas mes amies, mais je devinais leur présence, j'entendais leur rire enveloppé comme celui des Néréides dans le doux murmure qui montait à mes oreilles. A dix heures, le concert éclatait sous mes fenêtres. Entre les intervalles des instruments, si la mer était pleine, reprenait, coulé et continu, le glissement de l'eau d'une vague qui semblait envelopper les traits du violon dans ses volutes de cristal et faire jaillir son écume au-dessus des échos intermittents d'une musique sous-marine. »

Ici, la rime est simple entre le rire des jeunes filles et la rumeur des flots, entre les traits des violons et les volutes de l'écume. Mais Proust a joué aussi en maître des rimes entrecroisées – sortes d'échos entre deux domaines distincts de notre sensibilité – notamment lorsqu'il parle de « la sérieuse douceur dans la pompe et dans la joie qui caractérise certaines pages de *Lohengrin,* certaines peintures de Carpaccio, et qui font comprendre que Baudelaire ait pu appliquer au son de la trompette l'épithète de délicieux ».

Ailleurs, il ne s'agit pas d'exprimer une correspondance, mais les mouvements combinés de la clarté et de l'ombre, du présent et du passé. Il arrive enfin que la musique ne soit plus qu'un chaînon intermédiaire entre deux termes d'une métaphore. Elle disparaît et n'est plus perceptible qu'à travers l'espèce de fraîcheur que son effacement répand autour d'elle :

« L'invisibilité des innombrables oiseaux qui se répondaient dans les arbres à côté de nous donnait la même impression de repos qu'on a les yeux fermés. »

On comprend qu'un écrivain doté de tels pouvoirs d'expression et sur qui la magie des sons exerçait une telle emprise, dût être fatalement tenté, un jour ou l'autre, de retourner contre la musique les armes qu'il lui avait empruntées, pour essayer de lui arracher les vérités qui sommeillent en elle. Nous verrons tout à l'heure comment il s'y est pris.

Mais n'allons pas trop vite. Afin de ne pas donner à cette étude un caractère théorique que Proust eût réprouvé, appliquons la méthode qu'il a préconisée lui-même : avant d'aborder ce point capital, laissons nos impressions « traverser tous les états successifs qui permettront de les fixer ». Notre moisson d'observations n'en sera que plus riche.

IV

Le désir

Pour l'auteur d'*Albertine disparue,* tout art – comme nous l'avons vu – est une résurrection. Il a fait sienne la vieille croyance celtique selon laquelle les êtres que nous avons perdus sont captifs dans quelque être inférieur, dans une bête, un végétal ou une chose inanimée. Lorsque nous passons près d'eux, ils nous appellent. Et nous, en les reconnaissant, nous les libérons de l'objet qui les tient enfermés. Alors, délivrés par nous et ayant vaincu la mort, ils s'évadent de leur prison et viennent revivre avec nous.

Mais cette résurrection ne s'opère qu'à la faveur d'un double désir. Il faut que nous ressentions un besoin lancinant, grandissant, invincible de les retrouver. Et eux, de leur côté, s'ils aspirent à la délivrance, doivent nous adresser un appel que nous puissions entendre.

Ce double désir, qui gît à la fois en nous et au tréfonds des choses, est peut-être ce que Proust a dépeint avec le plus de bonheur. Les passages du *Temps perdu* où il nous en fait la description comptent parmi les hauts lieux de son œuvre. C'est que, pour lui, les moments les plus importants de la vie, ceux qui tranchent sur la grisaille monotone des jours parce qu'ils ont une valeur supérieure aux autres, sont ceux où l'individu sent s'éveiller en lui le pouvoir de faire renaître le passé ou d'approfondir sa connaissance de lui-même. Aussi parle-t-il souvent de la présence indéfinissable qui se cache derrière les choses, et qui s'avance au-devant de nous quand notre désir la sollicite.

Cette conception donne sa coloration particulière à l'univers proustien. Pour lui, aucun objet n'est totalement inanimé, puisqu'il peut servir de réceptacle à une présence vivante. Tout peut nous solliciter, pour peu que nous y prêtions une attention suffisante. Il y a un endroit, dans *Swann,* où l'auteur décrit les pierres de son balcon. Tout d'abord elles lui paraissent ternes et indifférentes. Mais à force de les contempler, les voilà qui s'animent :

« Depuis le déjeuner », écrit-il, « mes regards anxieux ne quittaient pas le ciel incertain et nuageux. Il restait sombre. Devant la fenêtre, le balcon était gris. Tout d'un coup, sur la pierre maussade, je ne voyais pas une couleur moins terne, mais je sentais *comme un effort vers une couleur moins terne* [c'est moi qui souligne], la pulsation d'un rayon hésitant qui voudrait libérer sa lumière. Un instant après, le balcon était pâle et réfléchissant comme une eau matinale, et mille reflets de la ferronnerie de son treillage étaient venus s'y poser. Un souffle de vent les dispersait; la pierre s'était de nouveau assombrie; mais, comme apprivoisés, ils revenaient, elle commençait imperceptiblement à blanchir et, par un de ces crescendos continus comme ceux qui, en musique, à la fin d'une ouverture, mènent une seule note jusqu'au fortissimo suprême en la faisant passer rapidement par tous les degrés intermédiaires, je la voyais atteindre cet or inaltérable et fixe des beaux jours. »

C'est le désir d'aller se promener aux Champs-Élysées qui fait naître chez l'auteur ces sensations délicieuses. Mais il y a des désirs beaucoup moins faciles à réaliser, ceux qui sont dictés, par exemple, par la soif d'atteindre à une connaissance plus parfaite du monde qui nous entoure. Il ne suffit plus alors d'observer les nuances qui se jouent sur l'épiderme des choses et qui nous font percevoir non point « une couleur moins terne » sur les pierres d'un balcon, mais « comme un effort » de ces pierres elles-mêmes pour atteindre « l'or fixe et inaltérable des beaux jours ». Il faut aller beaucoup plus loin dans sa perception et descendre beaucoup plus profondément en nous-mêmes.

« Le jour de mon arrivée », raconte Reynaldo Hahn, en évoquant le souvenir d'un séjour qu'il fit chez des amis avec l'auteur des *Jeunes Filles en fleurs,* « nous allâmes ensemble nous promener dans le jardin. Nous passâmes devant une bordure de rosiers du Bengale, quand, soudain, il se tut et s'arrêta. Je m'arrêtai aussi, mais il se remit alors à marcher et je fis de même. Bientôt il m'arrêta et me dit avec cette douceur enfantine et un peu triste qu'il conserva toujours dans le ton et dans la voix : " Est-ce que cela vous fâcherait que je reste un peu en arrière? Je voudrais revoir les petits rosiers. " Je le quittai. Au tournant de l'allée, je regardai derrière moi. Proust avait rebroussé chemin jusqu'aux rosiers. Ayant fait le tour du château, je le retrouvai à la même place, regardant fixement les roses. La tête penchée, le visage grave, il clignait des yeux, les sourcils légèrement froncés, comme par un effort d'attention passionnée, et, de sa main gauche, il poussait obstinément entre ses lèvres le bout de sa petite moustache noire qu'il mordillait. »

C'est le fruit d'une méditation semblable que nous livrent quelques-unes des pages les plus célèbres de son œuvre. « Tout d'un coup », lisons-nous au cours d'une description de la campagne normande, « un toit, un reflet de soleil sur une pierre, l'odeur d'un chemin, me faisaient arrêter, par un plaisir particulier qu'ils me donnaient, et aussi parce qu'ils avaient l'air de cacher, au-delà de ce que je voyais, quelque chose qu'ils invitaient à venir prendre et que, malgré mes efforts, je n'arrivais pas à découvrir. Comme je sentais que cela se trouvait en eux, je restais là, immobile, à regarder, à respirer, à tâcher d'aller avec ma pensée au-delà de l'image et de l'odeur. Et s'il me fallait rattraper mon grand-père, poursuivre ma route, je cherchais à les retrouver en fermant les yeux; je m'attachais à me rappeler exactement la ligne du toit, la nuance de la pierre, sans que je pusse comprendre pourquoi elles m'avaient semblé pleines, prêtes à s'entrouvrir, à me livrer ce dont elles n'étaient qu'un couvercle. »

C'est à une expérience du même ordre que fait allusion le passage devenu célèbre de *Du côté de chez Swann,* où le narrateur (qui n'est autre que Proust lui-même) cherche à approfondir la sensation inexplicable, sans commune mesure avec l'enchaînement normal de ses impressions quotidiennes, que provoque en lui le goût d'un fragment de madeleine trempé dans une cuillerée de thé :

« Machinalement », nous dit-il, « accablé par la morne journée et la perspective d'un triste lendemain, je portai à mes lèvres une cuillerée de thé où j'avais laissé s'amollir un morceau de madeleine. Mais, à l'instant même où la gorgée mêlée de miettes du gâteau toucha mon palais, je tressaillis, attentif à ce qui se passait d'extraordinaire en moi. Un plaisir délicieux m'avait envahi, isolé, sans la notion de sa cause. Il m'avait aussitôt rendu les vicissitudes de la vie indifférentes, ses désastres inoffensifs, sa brièveté illusoire, de la même façon qu'opère l'amour, en me remplissant d'une essence précieuse : ou plutôt cette essence n'était pas en moi, elle était moi. J'avais cessé de me sentir médiocre, contingent, mortel. D'où avait pu me venir une si puissante joie? »

Pour tenter de trouver une réponse à cette question, Proust boit une seconde, puis une troisième gorgée de thé. Mais la vertu du breuvage semble diminuer. Il pose alors sa tasse et se tourne vers son esprit, pour tenter d'obtenir de lui « un éclaircissement définitif ». Mais comment? « Grave incertitude », nous dit-il, « comme toujours quand l'esprit se sent dépassé par lui-même, comme chaque fois où il est tout ensemble le chercheur et le pays obscur où il doit chercher, et où tout son bagage ne lui sera de rien. Chercher? pas seulement : créer. Il est en face de quelque chose qui n'est pas encore et que seul il peut réaliser, puis faire entrer dans sa lumière. »

Travail délicat, dont Proust nous décrit les étapes avec ce mélange de lucidité et de minutie où il excelle : « Je recommence à me demander quel pouvait être cet état inconnu qui n'apportait aucune preuve logique, mais l'évidence de sa félicité, de sa réalité devant laquelle les autres s'évanouissaient... Je demande à mon esprit de ramener encore une fois la sensation qui s'enfuit. Et, pour que rien ne brise l'élan dont il va tâcher de la ressaisir, j'écarte tout obstacle, toute idée étrangère, j'abrite mes oreilles et mon attention contre les bruits de la chambre voisine... »

Mais il sent que son esprit se fatigue, que la tension qu'il lui impose excède ses forces. Il s'oblige un instant à penser à autre chose, afin de se renouveler avant de se livrer à une nouvelle tentative.

« Une deuxième fois », poursuit-il, « je fais le vide devant mon esprit, je remets en face de lui la saveur encore récente de la première gorgée de thé et je sens tressaillir en moi quelque chose qui se déplace, voudrait s'élever, quelque chose qu'on aurait désancré à une grande profondeur; je ne sais ce que c'est, mais cela monte lentement, j'éprouve la résistance et j'entends la rumeur des distances traversées. »

Qu'est-ce donc qui s'agite ainsi, au fond de l'âme du narrateur? Un souvenir sans doute, qui cherche à parvenir jusqu'à lui, mais qui se débat trop loin, trop confusément, pour qu'il puisse en distinguer la forme. Arrivera-t-il jusqu'à la surface de sa conscience, ce souvenir que l'attraction d'un instant identique est venu solliciter, émouvoir, soulever tout au fond de lui? Pas encore. « Maintenant », écrit Proust, « je ne sens plus rien. Il est arrêté, redescendu peut-être. Qui sait s'il remontera jamais de sa nuit? Dix fois il me faut recommencer, me pencher vers lui. Et chaque fois, la lâcheté qui nous détourne de toute tâche difficile, de toute œuvre importante, m'a conseillé de laisser cela, de boire mon thé en pensant simplement à mes ennuis d'aujourd'hui, à mes désirs de demain qui se laissent remâcher sans peine. »

Ce phénomène singulier se reproduit à peu de temps de là, au cours d'une promenade aux environs de Combray. Mais cette fois-ci l'appel mystérieux ne naît pas d'une sensation gustative – un fragment de madeleine trempé dans une gorgée de thé – mais du mouvement combiné de trois clochers contre le ciel.

« Au tournant d'un chemin, j'éprouvai ce plaisir spécial qui ne ressemblait à aucun autre, à apercevoir les deux clochers de Martinville, sur lesquels donnait le soleil couchant et que le mouvement de notre voiture et les lacets du chemin avaient l'air de faire changer de place, puis celui de Vieuxvicq qui, séparé d'eux par une colline et une vallée et situé sur un plateau plus élevé dans le lointain, semblait pourtant tout voisin d'eux. En constatant, en notant la forme de leur flèche, le déplacement de leurs lignes, l'ensoleillement de leur surface, je sentais que je n'allais pas jusqu'au bout de mon impression, que quelque chose était derrière ce mouvement, derrière cette clarté, quelque chose qu'ils semblaient contenir et dérober à la fois... Je ne savais pas la raison du plaisir que j'avais eu à les apercevoir à l'horizon et l'obligation d'avoir à chercher cette raison me semblait bien pénible; j'avais envie de garder en réserve dans ma tête ces lignes remuantes au soleil et de n'y plus penser maintenant. Et il est probable que, si je l'avais fait, les deux clochers seraient allés à jamais rejoindre tant d'arbres, de toits, de parfums, de sons, que j'avais distingués des autres à cause du plaisir obscur qu'ils m'avaient procuré, et que je n'ai jamais approfondi. »

Beaucoup plus tard, le même appel se produit une troisième fois, mais cette fois-ci avec la solennité et l'insistance d'une supplication qui ne se renouvellera plus. Il est provoqué par un bouquet d'arbres, au bord d'une route.

« Tout d'un coup », écrit Proust, « je fus rempli de ce bonheur profond que je n'avais pas souvent ressenti depuis Combray, un bonheur analogue à celui que m'avaient donné, entre autres, les clochers de Martinville. Je regardai les trois arbres, je les voyais bien, mais mon esprit sentait qu'ils recouvraient quelque chose sur quoi il n'avait pas prise, comme sur ces objets placés trop loin, dont nos doigts allongés, au bout de notre bras tendu, effleurent seulement par instants l'enveloppe sans arriver à rien saisir... J'aurais pourtant tout donné pour déchiffrer ce qu'ils avaient à me dire, car il me semblait qu'en m'attachant à cette seule réalité, je pourrais commencer enfin une vraie vie. »

Proust s'arrête alors, tremblant d'espoir. Si l'écorce des choses allait se déchirer, si la trame serrée du temps allait enfin s'entrouvrir pour lui livrer son secret? Mais un mur infranchissable vient s'élever entre lui et le bonheur qu'il espère. Car ces clochers ou ces arbres cachaient un sens obscur, si difficile à saisir qu'ils semblaient reléguer l'apparition dans quelque passé lointain, de sorte que, par une déviation de sa sensibilité et de son raisonnement, Proust, au lieu de chercher à découvrir une vérité inconnue, croyait avoir « à reconnaître un souvenir ».

Aussi est-ce avec un véritable désespoir qu'il laisse échapper la chance suprême de connaître, ne fût-ce qu'une fois, une vérité plus essentielle, plus totale que les autres, se demandant pourquoi il avait l'air rêveur, triste, « comme s'il venait de perdre un ami, de mourir lui-même, de renier un mort, de méconnaître un dieu ».

Si j'ai tenu à citer longuement ces passages, c'est que, situés aux confins mouvants du conscient et du subconscient, du rationnel et de l'irrationnel, ils représentent à mes yeux une des plages les plus avancées, une des pointes extrêmes qu'ait jamais atteintes l'investigation humaine. Ils évoquent dans mon esprit le pays légendaire des Cimmériens, situé en marge de l'univers connu, où les voyageurs de l'antiquité ne pénétraient qu'avec effroi et dont ils se bornaient à dire, quand ils en étaient revenus, qu'ils y avaient vu « mourir des ombres, au fond d'un brouillard impénétrable ».

Mais ici, il ne s'agit pas d'une vision rapportée d'une terre lointaine et inexplorée, comme suspendue entre la réalité et la légende. Ce sont trois clochers rustiques ou un bouquet d'arbres familiers qui nous font signe au bord d'une route et nous proposent une énigme indéchiffrable. Ils sont tout près de nous, mais ce qui est derrière eux semble enfoui au plus profond des temps. En avançant, on voit l'un des clochers se détacher des deux autres et, dans l'intervalle, se déploie, comme une voile, un fragment de ciel normand. Mais ce n'est pas ce triangle de rose et d'or qu'il s'agit de décrire, c'est ce qui est par-delà, ce qu'il recouvre, la vérité cachée qu'il renferme qu'il s'agit de découvrir. Et c'est aussi au fond de nous quelque chose que nous ne connaissions pas encore, qui s'éveille, palpite, et vient se briser comme un oiseau contre les barreaux de sa cage, contre le grillage invisible qui s'oppose à sa délivrance.

Communion impossible! Le plus haut dans la nature et le plus profond dans l'homme ne parviendront pas à se rejoindre encore. Ce qui tressaillait à l'horizon redevient immobile. Ce qui s'enflait en nous se résigne à mourir. Maintenant, derrière les clochers ou les arbres, il n'y a plus qu'un noir affreux et dépeuplé; et en nous un néant inconsolable et mort.

« Sollicité d'avoir à approfondir une pensée, je croyais avoir à reconnaître un souvenir », nous explique l'auteur. Pourtant les mots qu'il emploie pour qualifier son bonheur, chaque fois que la nature lui adressait un de ces appels, et le désenchantement qui l'envahissait chaque fois qu'il voyait disparaître l'image sans avoir réussi à déchiffrer la vérité qu'elle contenait, auraient dû lui faire comprendre qu'il faisait fausse route. Tout d'abord, il avait l'impression que s'il s'attachait à la présence cachée qui lui faisait signe, il pourrait enfin « commencer une vraie vie », une vie où il ne se sentirait plus « médiocre, contingent et mortel ». Puis, lorsqu'il l'avait laissée échapper, sans lui arracher son secret, il se sentait rêveur et triste « comme s'il venait de mourir lui-même, de renier un mort, de méconnaître un dieu ». Cette joie indicible qu'il venait d'entrevoir, n'était-elle pas plus et mieux qu'un souvenir, fût-il aussi enivrant que la floraison des jardins de Combray s'épanouissant dans la nuit? Ou qu'une simple description littéraire, comme celle qu'il fait des clochers de Martinville, au retour de sa promenade?

Autre chose encore aurait dû l'avertir de la méprise qu'il était en train de commettre. Comment a-t-elle pu échapper à sa lucidité ?

Car un souvenir est toujours provoqué par *autre chose* que lui-même. Son apparition n'est jamais sans cause, mais cette cause ne se manifeste à nous qu'*après* le souvenir. Les choses « nous reviennent à l'esprit » sans que nous y prenions garde, et dans un ordre inverse que celui que décrit Proust. Nous nous souvenons brusquement de tel ou tel fragment de notre passé, et nous nous apercevons, *après coup,* que c'est tel son ou telle odeur qui l'a fait renaître en nous.

Ou bien, lorsque nous voulons nous remémorer quelque chose, notre attention se porte *à l'avance* sur la zone où nous la croyons cachée, et sa recherche, souvent difficile, car il nous arrive de nous tromper, s'accompagne d'une sensation d'énervement ou de fébrilité.

Tandis que les injonctions de la nature, auxquelles Proust fait allusion, sont toujours inattendues. Ce qui ajoute à leur beauté, c'est la surprise qu'elles nous causent. Elles exigent pour apparaître, non point l'angoisse et la fièvre, mais le calme et la disponibilité. Au lieu de ramener le calme dans nos esprits, le calme les précède, et le bonheur qu'elles nous apportent est si inattendu qu'il nous paraît immérité. « Nous passions devant une bordure de rosiers du Bengale, quand, *soudain,* il se tut et s'arrêta », nous a dit Reynaldo Hahn. Dans l'œuvre même de Proust nous retrouvons l'écho de cette injonction subite : « *Tout à coup,* un toit, un reflet de soleil... *Tout à coup,* je m'arrêtai, je ne pus plus bouger, comme il arrive quand une vision ne s'adresse pas seulement à nos regards, mais requiert des perceptions plus profondes et dispose de notre être tout entier... *Tout à coup,* je fus rempli d'un bonheur indicible... »

Il n'y a, ici, ni pressentiment ni attente. C'est comme une odeur qui s'insinue, un coup sur le cœur, qui viennent « saisir » l'auteur avec d'autant plus de force que rien ne les annonçait.

Et puis, un souvenir n'apparaît jamais seul. Il entraîne avec lui une série d'associations dont on ne sait au juste « ni où elles commencent ni où elles finissent ». On dirait une chaîne que l'on soulèverait du fond de l'eau. De part et d'autre, ses maillons s'enfoncent sous la surface liquide et échappent à nos regards. Pourtant, nous sentons, au poids de l'anneau que nous tenons dans notre main, qu'il n'est pas unique, qu'il fait partie d'un tout.

Or, Proust évoquant le bonheur insolite que lui apportait le mouvement des clochers de Martinville fait allusion, non à une sensation de poids et de dépendance, mais au contraire à un sentiment d'indépendance et de liberté. Il nous parle d'un plaisir « délicieux, isolé, sans la notion de sa cause », qui semble avoir son origine « dans quelque chose qui n'est pas encore ».

Impatient de savoir d'où a pu lui provenir « une si puissante joie », Proust s'efforce aussitôt d'y appliquer son analyse. Bien vite il se rend compte qu'il ne va pas jusqu'au bout de sa sensation, qu'elle demeure hors de sa portée, que le meilleur d'elle-même refuse de franchir le seuil de sa mémoire. C'est une épreuve unique, non encore ressentie, sans amorce dans le passé : on croirait une divinité descendue d'un autre monde.

– « Fort bien », dira-t-on, « mais qu'est-ce que tout ceci a à voir avec la musique? Ne nous sommes-nous pas dangereusement écartés de notre sujet? »

Nullement. Nous y arrivons. Ce détour n'était pas inutile. Car, avant d'examiner *ce que peut* la musique, ne fallait-il pas déterminer *ce que ne peuvent pas* les mots?

V

La naissance de l'amour

« D'abord, il n'avait goûté que la qualité matérielle des sons sécrétés par les instruments », nous dit l'auteur en parlant de Swann, tandis qu'il écoutait une sonate pour piano et violon dans le salon de Mme Verdurin.

L'année précédente, il avait assisté à l'audition d'une œuvre semblable, mais il n'en avait pas retenu grand-chose. Ce n'était pas tant la compréhension qui lui avait fait défaut, que la mémoire. Comme l'œuvre exécutée n'avait éveillé en lui aucun souvenir, il avait oublié jusqu'à son nom; mais il avait conservé d'elle « comme une transcription sommaire et provisoire », de sorte qu'en jetant les yeux sur la partition intérieure qu'il en avait gardée, il venait de reconnaître l'œuvre entendue quelques mois auparavant : c'était la sonate de Vinteuil.

Mais, si l'œuvre était la même, Swann, lui, avait beaucoup changé. Ce qui l'attirait à présent dans le milieu pourtant médiocre des Verdurin, c'était l'espoir d'y rencontrer une femme qu'il commençait à aimer. Tout le passage intitulé *Un amour de Swann* relate la naissance et les vicissitudes diverses de cet amour. Et comme dans *L'Énéide,* où Vénus surveille Énée du haut de sa demeure céleste, et descend parfois sur terre pour lui indiquer son chemin, la sonate de Vinteuil plane au-dessus des amants et protège leurs caresses. C'est vers elle qu'ils lèvent les yeux, pour mesurer les progrès ou le déclin de leur passion. C'est le fil d'Ariane qui court à travers tout cet épisode de l'œuvre. En le suivant, nous pénétrerons dans le labyrinthe fermé des âmes, car jamais l'art et la vie n'ont été aussi intimement mêlés.

Les êtres que nous rencontrons pour la première fois revêtent à nos yeux un visage souvent très différent de celui sous lequel ils nous apparaîtront plus tard. Or, ce visage est leur visage véritable et notre premier coup d'œil est le plus proche de la vérité, parce que nous n'y projetons encore rien de nous-mêmes. C'est ainsi qu'au début, Swann avait fait à peine attention à Odette de Crécy. Elle lui était apparue « non pas certes sans beauté, mais d'un genre de beauté qui lui était indifférent, qui ne lui inspirait aucun désir, lui causait même une sorte de répulsion physique, comme l'aspect de ces femmes qui sont à l'opposé du type que nos sens réclament ». Il lui avait trouvé un profil trop accusé, la peau trop fragile et les traits trop tirés pour lui plaire. Odette avait reçu Swann à plusieurs reprises. Mais chacune de ses visites avait renouvelé pour lui la déception qu'il éprouvait à se retrouver devant ce visage dont il avait, entre-temps, oublié les particularités, et ne se souvenant pas qu'il fût « ni si expressif ni, malgré sa jeunesse, si fané ».

Il en est de la musique comme des visages (et l'on peut

même dire comme de tout ce que nous n'avons pas encore imprégné d'un sentiment personnel). La première fois où nous entendons une œuvre musicale, celle-ci est forcément si lointaine par rapport à nous – et d'autant plus étrangère à notre sensibilité qu'elle est plus originale, c'est-à-dire plus différente de tout ce que nous avons entendu jusque-là – qu'il nous est difficile d'en saisir autre chose que l'aspect purement matériel. Ne pouvant la comparer à rien, n'ayant pour la juger aucun point de repère, nous ne ressentons, en l'entendant, qu'une sensation strictement sonore, inentendue, absolument « irréductible à tout autre ordre d'impression ».

Cependant, très vite, les sons que nous entendons tendent à couvrir devant nos yeux des surfaces variées, à tracer des arabesques, à nous donner des sensations de largeur, de stabilité, de caprice. Mais les notes s'évanouissent avant même que ces sensations soient assez formées pour ne pas être submergées par celles qui les suivent. Les motifs sont à peine discernables pour l'oreille, noyés dans l'imprécision et la liquidité de l'ensemble. Ils émergent pour disparaître aussitôt comme une fumée. Et nous n'en retiendrions sans doute qu'un plaisir vague et informulé, si la mémoire n'intervenait pas pour fixer un vestige de ces phrases passagères. Elle en note la hauteur, le volume, la durée « comme un ouvrier qui travaillerait à établir des fondations durables au milieu des flots ». Elle en fabrique pour nous « des fac-similés grâce auxquels nous pourrons les différencier en les comparant à celles qui leur succèdent ».

Ces fondations durables, que sont-elles, sinon tout le

système d'images, dont l'action peut se comparer à celle du chimiste mélangeant des corps simples pour obtenir des corps composés? Chaque note, en vibrant, éveille un nombre infini de correspondances, empruntées non seulement au monde de l'ouïe, mais encore à ceux de l'odorat, de la vue ou du toucher.

Sous la ligne mince, dense, résistante du violon, l'accompagnement du piano évoque bientôt pour Swann « la mauve agitation des flots ». Ailleurs, il ne peut s'empêcher de recueillir, au cours de l'exécution, une phrase « qui lui ouvre plus largement l'âme, comme certaines odeurs de roses circulant dans l'air du soir ».

Que de difficultés ne faut-il pas vaincre pour s'approcher davantage de cette sensation délicieuse! Pourtant, si l'on mesure la distance qui sépare l'impression « irréductible » de tout à l'heure aux comparaisons plus précises qui nous viennent maintenant à l'esprit, on voit qu'un chemin considérable a déjà été parcouru.

Ce n'est plus la seule qualité du son, mais « le moment où il fait nuit sous les arbres, où les coups d'archet du violon font tomber la fraîcheur », que suggère à Swann le dialogue des instruments. Ailleurs, le violon se plaint « comme un oiseau qui a perdu sa compagne ». L'impression s'humanise de plus en plus. Il se mêle aux soupirs des cordes « l'illusion qu'une cantatrice s'est mêlée au concert ». On la cherche : pourtant on ne voit que les étuis des instruments, précieux comme des boîtes chinoises. Mais on est encore troublé, de loin en loin, « par l'appel décevant de la sirène »; et parfois c'est, dans l'air, « comme un être surnaturel et pur qui passe en déroulant son message invisible ».

Peu à peu, toute l'imprécision, tout le *fondu* du plaisir ressenti va se cristalliser en un seul dessin mélodique. Une phrase, dégagée de l'ensemble de la sonate, va proposer à Swann, non plus un bonheur indéfini, mais des voluptés particulières et Swann, sentant que rien d'autre qu'elle ne pourrait les lui faire connaître, éprouve pour elle comme un amour inconnu. « D'un rythme lent, elle le dirigeait ici d'abord, puis là, puis ailleurs, vers un bonheur noble, intelligible et précis. Et tout d'un coup, au point où elle était arrivée et où il se préparait à la suivre, après une pause d'un instant, brusquement elle changeait de direction et, d'un mouvement nouveau, plus rapide, menu, mélancolique, incessant et doux, elle l'entraînait avec elle vers des perspectives inconnues. » Swann se met à lui emboîter le pas, « comme un homme dans la vie de qui une passante qu'il a aperçue un moment vient de faire entrer l'image d'une beauté nouvelle », et cet amour pour une phrase musicale semble amorcer chez lui « comme une sorte de rajeunissement ».

Au même instant, levant les yeux, il aperçoit le visage d'Odette, non plus indifférent ou décevant, comme la première fois où il l'avait vu, mais – semblable à la petite phrase – « le seul entre mille qui fût capable de lui causer des joies et des tourments ». Lui aussi a subi une étrange métamorphose. Dorénavant ce n'est plus une femme – n'importe laquelle – mais *telle* femme qu'il désire; ce sont ces yeux brillants et un peu battus, cette figure empreinte de lassitude et de beauté; la succession des visages qui l'avaient attiré jusque-là a fait place à la stabilité d'un sourire unique – tel sourire venu de telles lèvres, enfin connu et retrouvé.

Avec une délicatesse inouïe, Proust nous fait assister à la lente convergence de la musique et de l'amour. Swann « découvre » peu à peu les traits de celle qu'il s'est mis à aimer, comme il extrait de l'œuvre musicale ce passage toujours plus individuel, cette phrase toujours plus chargée de sens, qui finit par devenir comme le symbole de sa passion. Et s'il infuse à la musique les ressources de son esprit, celle-ci l'éclaire en retour sur le fond obscur de son cœur.

Dès lors, la petite phrase lui semble une déesse protectrice, qui a pris ce déguisement pour parvenir jusqu'à lui. La première fois où il l'avait entendue, il n'aimait pas encore. Et pourtant elle lui avait rappelé « l'existence de ces réalités invisibles auxquelles il n'avait cessé de croire, et auxquelles, comme si la musique avait eu sur la sécheresse morale dont il souffrait une sorte d'influence élective, il se sentait de nouveau le désir et presque la force de consacrer sa vie ».

Mais, cette fois-ci, ce n'est plus à une réalité invisible qu'elle fait allusion : elle a tenu ses promesses. Swann n'a plus, devant elle, cette angoisse si spéciale qui l'étreignait lorsqu'il voyait disparaître dans la rue tel ou tel visage, dont il sentait confusément qu'il était seul à pouvoir lui apporter une connaissance intime de lui-même. L'inconnue a fait place à cette créature délicieuse dont il connaît le nom, dont il ne peut plus confondre la voix avec une autre et qu'il pourra revoir chez lui chaque jour, s'il le désire. De même pour la « petite phrase ». Elle est devenue si particulière, elle a pris un charme si individuel qu'aucune autre ne saurait désormais la remplacer. Il la possède « par cœur »; il peut approfondir son langage et son secret.

Aussi, quand l'auteur nous dit que lorsqu'elle s'évanouit pour la seconde fois dans la fumée du dernier accord, ce ne fut plus comme une étrangère, mais « telle une indicatrice diligente parmi les ramifications de son parfum, laissant sur le visage de Swann le reflet de son sourire », – l'on hésite à dire si c'est de la phrase musicale ou d'Odette qu'il s'agit.

Alors, en un suprême baiser, les deux séries se fondent, entremêlant dans le cœur de Swann le visage de son amour et l'enchantement de la musique, formant un accord indissoluble, fait pour défier l'éternité : « Les parties de l'âme de Swann où la petite phrase avait effacé le souci des intérêts matériels, elle les avait laissées vacantes, et il était libre d'y inscrire le nom d'Odette. Puis, à ce que l'affection d'Odette pouvait avoir d'un peu court et d'insuffisant, la petite phrase venait ajouter, amalgamer son essence merveilleuse. Le plaisir que lui donnait la musique ressemblait, à ces moments-là, au plaisir qu'il aurait eu à entrer en contact avec un monde pour lequel nous ne sommes pas faits, qui nous semble sans forme parce que nos yeux ne le perçoivent pas, sans signification parce qu'il échappe à notre intelligence, que nous n'atteignons que par un seul sens. Quelle étrange ivresse il avait alors à dépouiller son âme la plus secrète de tout le secours du raisonnement, à la faire passer seule dans le filtre obscur du son! Il commençait à se rendre compte de ce qu'il y avait de douloureux, peut-être même de secrètement inapaisé, au fond de la douceur de cette phrase, mais il ne pouvait pas en souffrir. Qu'importait qu'elle lui dît que l'amour est fragile, le sien était si fort! »

VI

Le déclin de l'amour

Nous choisissons volontiers le moment où la musique est parvenue à son zénith pour lui remettre non seulement nos émotions les plus vives, mais jusqu'aux moindres frémissements de notre vie intérieure. Semblable à Proust, Swann tendait à la musique, pour le lui confier, tout le meilleur, le plus profond de lui-même. Qu'il restât dans le pied-à-terre d'Odette, ou qu'il l'emmenât dîner dans un restaurant du Bois de Boulogne, toujours il lui fallait évoquer la petite phrase qui avait présidé au début de leur liaison.

Parfois, longeant la Seine pour venir au-devant de son amie, par les belles nuits froides de décembre, il lui arrivait de contempler les rayons de la lune, qui répandaient leur clarté sur les quais déserts. Il pensait alors à cette autre figure « claire et légèrement rosée qui, un jour, avait surgi devant sa pensée et, depuis, projetait sur le monde sa lumière mystérieuse ».

Arrivé chez Odette, il lui faisait rejouer vingt fois de suite la petite phrase dont il ne parvenait pas à se lasser. Elle continuait à faire partie intégrante de son amour. Il sentait bien que cet amour était quelque chose qui ne correspondait à rien de tangible, de constatable pour d'autres que pour lui. Mais la petite phrase, dès qu'il l'entendait, le rassurait en chassant de sa pensée l'idée que sa dévotion pour Odette pouvait être précaire, et rendait libre en lui l'espace nécessaire à son épanouissement.

Les préférences d'Odette, il est vrai, semblaient ne pas aller à cette partie de la sonate, mais Swann ne lui en voulait pas de préférer le *Domino noir,* ou *Pauvre Fou* de Tagliafico. C'est seulement en rentrant chez lui que son cœur se serrait, car il remarquait, pendant le retour, que le disque rosé de la lune s'était abaissé à l'horizon. Il sentait que son amour obéissait lui aussi à des lois immuables et naturelles, et se demandait « si sa pensée ne verrait pas bientôt le cher visage n'occuper qu'une position lointaine, déclinant et prêt à cesser de répandre son charme ». Ce sentiment ne durait heureusement qu'un instant. Très vite, la certitude de son bonheur reprenait le dessus, et l'assurait à voix basse qu'il durerait toujours.

Comme les amants légendaires, Swann vivait au milieu d'un printemps perpétuel. La musique semblait lui avoir infusé une nouvelle jeunesse. Chez Mme Verdurin, dont il était devenu un des « fidèles », il s'asseyait au côté d'Odette sur un grand canapé, et le pianiste jouait exprès pour eux la sonate de Vinteuil. Elle était devenue « comme l'air national de leur amour ». Alors la petite phrase apparaissait « dansante, pastorale, épisodique, appartenant à un autre monde. Elle passait à plis simples et immortels, distribuant çà et là les dons de sa grâce, avec le même ineffable sourire ». Swann, maintenant, croyait y distinguer du désenchantement.

Elle semblait connaître la vanité de ce bonheur dont elle indiquait la voie, et sa légèreté avait quelque chose d'accompli « comme le détachement qui succède au regret ». Mais qu'importait à Swann qu'elle parût receler de la mélancolie? Il la considérait moins en elle-même, en ce qu'elle pouvait exprimer pour tous ceux qui l'entendraient au cours des siècles, que comme le gage d'un amour particulier : le sien. Elle effaçait, elle consumait, par l'ardeur de son rayonnement, la médiocrité du milieu, les plaisanteries des convives; elle réduisait à l'insignifiance tous les autres aspects de la vie. Qu'importait qu'elle renfermât une nuance de tristesse? Qu'importait, même, le reste de la sonate?

Les deux amants n'avaient plus besoin de s'expliquer; la petite phrase semblait s'en charger pour eux. Ils communiaient en elle plus parfaitement que par des mots. Grand repos, mystérieuse rénovation, suspens où se mélange le souffle de deux êtres. « Qu'avons-nous besoin d'autre chose », disaient-ils, « cela, c'est *notre* morceau. »

Et pourtant, un tel accord ne peut durer toujours. Quand la petite phrase est évoquée de nouveau devant Swann, un homme s'est interposé entre Odette et lui – un homme dont la présence ne va pas tarder à mettre son cœur à la torture. C'est le comte de Forcheville. Le climat de son amour s'en est trouvé transformé. Il tremble à l'idée qu'Odette puisse lui échapper. Du coup, la petite phrase lui apparaît comme séparée de lui par un espace infranchissable. « Sous l'agitation des trémolos de violon qui la protégeaient de leur tenue frémissante à deux octaves de là – et comme, dans un pays de montagne, derrière l'immobilité apparente et vertigineuse d'une cascade, on aperçoit, deux cents pieds plus bas, la forme minuscule d'une promeneuse – la petite phrase venait d'apparaître, lointaine, gracieuse, protégée par le long déferlement d'un rideau transparent, incessant et sonore. Et Swann, en son cœur, s'adressa à elle comme à une confidente de son amour, comme à une amie d'Odette qui devrait bien lui dire de ne pas faire attention à ce Forcheville qui lui faisait la cour. »

Tant de tendresse et de passion pour en arriver là! Swann a beau essayer, il ne parvient plus à faire revivre le charme des anciens jours. Le visage d'Odette s'abaisse à l'horizon – comme tout à l'heure le disque blanc et rosé de la lune – et la petite phrase qui les avait baignés de sa splendeur, la petite phrase qui remplissait pour eux un espace grand comme le monde, n'est plus visible au loin que comme une étrangère, prête à quitter cette terre pour retourner vers l'Empyrée.

Un jour, à la suite d'un mot maladroit à l'égard de Mme Verdurin, c'est la disgrâce, qui prend pour Swann l'aspect d'un malheur irréparable. Finies, les soirées intimes où il pouvait retrouver chaque soir la femme qu'il aimait! Finis, ces longs moments d'extase où ils écoutaient en silence le déroulement irisé de la petite phrase de Vinteuil! Toute cette partie de la vie de Swann se clôt par ces mots d'un laconisme cruel : « Et il ne fut plus question de Swann dans le salon des Verdurin. »

Malheur alors à celui qui s'est trop confié à la musique! Aucun oubli ne parvient à ensevelir tout à fait le passé qu'elle a fait sien. Nos émotions se sont peu à peu cristallisées en elle, comme aspirées par l'ardeur d'un soleil invisible, ne laissant subsister dans nos cœurs qu'une morne aridité. Tel un corps étranger, indifférent à nos souffrances, ses aspérités nous déchirent comme si un éclat de diamant s'était logé dans notre chair. Telle une épave errante au fond de nos pensées, nous ne savons au juste où elle se trouve. Mais une parole banale, un geste, un regard, suffisent à la ressusciter. « Car lorsque d'un passé ancien plus rien ne subsiste même après la mort des êtres et la destruction des choses, seuls, plus frêles mais plus vivaces, plus immatériels, plus persistants, plus fidèles, l'odeur, la saveur, les sons restent encore longtemps, comme des âmes, à se rappeler, à attendre, à espérer, sur la ruine de tout le reste, à porter sans fléchir, sur leur gouttelette presque impalpable, l'édifice entier du souvenir. »

Pauvre Swann! Ce n'est pas assez d'avoir le cœur torturé par la jalousie : il faut encore que la musique vienne lui rappeler les traits de l'infidèle. En immortalisant ses joies d'autrefois, elle ne fait qu'aviver sa douleur actuelle. Un soir, chez la marquise de Sainte-Euverte, il entend, au cours d'un concert, la petite phrase de Vinteuil. Malgré la distance sociale qui sépare ce salon aristocratique de celui des Verdurin, il lui semble tout à coup qu'Odette vient d'y entrer.

« Cette apparition », nous dit Proust, « lui fut une si déchirante souffrance qu'il dut porter la main à son cœur. Et, avant que Swann eût eu le temps de se dire : " C'est la petite phrase de la sonate de Vinteuil, n'écoutons pas! ", tous ses souvenirs du temps où Odette était éprise de lui, et qu'il avait réussi jusqu'à ce jour à maintenir invisibles dans les profondeurs de son être, trompés par ce brusque rayon du temps d'amour qu'ils crurent revenu, s'étaient réveillés et, à tire-d'aile, étaient remontés lui chanter éperdument, sans pitié pour son infortune présente, les refrains oubliés du bonheur. »

Swann revit alors une foule de scènes, qu'il avait oubliées, et qui remontaient au temps de sa liaison avec Odette. Il revoit les becs de gaz qu'on éteignait, boulevard des Italiens, à la fin de cette nuit atroce où, ayant un besoin éperdu de la retrouver, de savoir où elle se cachait, il était allé de restaurant en restaurant, comme une âme en peine, frôlant anxieusement les corps des femmes qui sortaient de l'obscurité et s'approchaient de lui pour lui murmurer un mot à l'oreille « comme s'il eût cherché Eurydice parmi les fantômes des morts ».

A présent Odette a disparu. Elle appartient désormais à un monde mystérieux « où on ne peut plus jamais revenir quand les portes s'en sont refermées ». Et, comprenant soudain toute l'étendue de sa détresse, « Swann aperçut, immobile en face de ce bonheur revécu, un malheureux qui lui fit pitié parce qu'il ne le reconnut pas tout de suite, si bien qu'il dut baisser les yeux pour qu'on ne vît pas qu'ils étaient pleins de larmes. C'était lui-même ».

Pourtant, malgré la souffrance qu'elle vient de lui causer, Swann ne ressent aucune amertume à l'égard de la « petite phrase ». Il éprouve plutôt pour elle un sentiment de reconnaissance. Il voudrait la retenir auprès de lui, l'emmener à l'écart pour lui parler. Mais elle ne s'arrête pas, et, tandis qu'elle s'éloigne, légère, apaisante et murmurée, Swann, « regrettant de la voir s'envoler si vite, fait involontairement avec ses lèvres le mouvement de baiser au passage son corps harmonieux et fuyant ». D'où vient l'espèce de réconfort qu'elle lui verse? De ce que, grâce à elle, il se sent moins seul et moins exilé. Ne s'adresse-t-il pas à lui, pour lui parler d'Odette? Autrefois, il avait l'impression qu'Odette et lui n'étaient pas connus de la petite phrase. Maintenant il a la certitude du contraire. Si souvent elle a été le témoin de leurs joies! Il est vrai que souvent aussi elle l'avait averti de leur fragilité. « Dans ce temps-là, il devinait de la souffrance dans son sourire, dans son intonation désenchantée; aujourd'hui, il y trouvait plutôt une grâce résignée. » De ces chagrins dont elle lui parlait autrefois et qu'il la voyait, sans qu'il fût atteint par eux, entraîner dans son cours sinueux et rapide, de ces chagrins qui maintenant étaient devenus les siens sans qu'il eût l'espérance d'en être jamais délivré, elle semblait lui dire, comme jadis de son bonheur : « Qu'est-ce que cela? Tout cela n'est rien... »

Peu à peu, la musique va l'abandonner. Un beau jour, la petite phrase ne revient plus. Swann cherche alors à détruire jusqu'à l'image de celle qu'il ne peut plus, qu'il ne veut plus aimer. Mais à quoi bon se tourmenter davantage? Le désir est semblable à l'horizon. Plus nous avançons vers lui, et plus il recule. Tout ce que les amants ont appris l'un de l'autre, c'est l'inutilité de la possession physique « où d'ailleurs on ne possède rien ». Nous ne pouvons connaître que des formes dégradées de la vérité et de l'amour. Ne sachant comment en réveiller la flamme, nous voulons du moins en recueillir les cendres : cendres qui ne font qu'exaspérer notre soif, et ne rendent aucun calme aux cerveaux ni aux cœurs.

Après de longues souffrances, Swann s'aperçoit enfin que son supplice diminue. Odette lui est redevenue indifférente. Ayant effectué un long voyage, semé d'alternatives d'ombre et de lumière, le voici revenu à son point de départ. La première vision qu'il avait eue de sa maîtresse était celle d'une femme « dont le profil était trop accusé, la peau trop fragile, les traits trop tirés » pour pouvoir lui plairc.

Maintenant, ce qu'il revoit d'elle, ce sont « ses joues trop maigres, ses traits tirés, ses yeux battus, tout ce que – au cours des tendresses successives qui avaient fait de son amour durable pour Odette un long oubli de l'image première qu'il avait reçue d'elle – il avait cessé de remarquer depuis les premiers temps de leur liaison ».

Et l'auteur conclut cette partie de son ouvrage par cette réflexion affreuse de Swann qui, mieux qu'un long discours, nous fait sentir qu'il n'y a plus de musique ni de tendresse en lui : « Dire que j'ai gâché des années de ma vie, que j'ai voulu mourir, que j'ai eu mon plus grand amour, pour une femme qui ne me plaisait pas, qui n'était pas mon genre! »

VII

Du côté de Vinteuil

Nous retrouvons Swann quelque vingt ans plus tard. Il a fini par épouser Odette, sans cependant l'aimer. A la communion impossible a succédé une vie de politesse et de convention; à la passion éteinte ont fait place les habitudes nées de l'existence en commun. Swann, comme beaucoup d'autres, a fini par se décourager dans ses efforts pour commencer « une vraie vie ». Maintenant, lorsque Odette, d'un doigt négligent, lui rejoue la petite phrase, il remarque avec ironie :

« C'est au fond assez joli, n'est-ce pas, que le son puisse refléter, comme l'eau, comme une glace? Et remarquez que la phrase de Vinteuil ne me montre que ce à quoi je ne faisais pas attention à cette époque. De mes soucis, de mes amours de ce temps, elle ne me rappelle plus rien : elle a fait l'échange. »

Il ne lui trouve plus qu'un caractère « amusant », pittoresque ou anecdotique. Proust nous rend cette sorte de déchéance intellectuelle par un bavardage interminable que Swann tient au narrateur et qui paraît d'une platitude désolante, quand on le compare à la conversation du Swann des beaux jours :

« Ce qui est si bien peint dans cette petite phrase, c'est le Bois de Boulogne tombé en catalepsie. Au bord de la mer, c'est encore plus frappant parce qu'il y a les réponses faibles des vagues que naturellement on entend très bien, puisque le reste ne peut pas remuer. Mais dans toute la sonate, ce n'est pas cela, cela se passe au Bois; dans le gruppetto, on entend distinctement la voix de quelqu'un qui dit : " On pourrait presque lire son journal. " Ailleurs, la petite phrase lui fait penser " au père Verdurin se promenant en redingote dans le Jardin des Plantes ". »

Et pour finir, avec la lâcheté de l'homme du monde qui craint d'avoir trop appuyé sur un récit qui n'intéresse pas ses auditeurs : « Mille fois, cette petite phrase m'a emmené dîner avec elle à Armenonville. Mon Dieu, c'est toujours moins ennuyeux que d'y aller avec Mme de Cambremer! »

Que ces plaisanteries sont navrantes! De quoi la petite phrase a-t-elle fait l'échange? Pour le savoir il faut revenir un moment sur nos pas.

Lorsque, après sa rupture avec Odette, Swann entend, chez la marquise de Sainte-Euverte, la mélodie bien-aimée dont l'apparition lui cause une si déchirante souffrance qu'elle l'oblige à porter la main à son cœur, il lui semble que la phrase « le reconnaît », qu'elle est à présent le témoin de sa douleur, comme elle l'a été jadis de sa joie. Douée d'une vie propre, elle ressent les choses comme un être vivant, non en les reflétant à sa surface comme de l'eau ou un miroir, mais telles qu'elles montent du plus profond d'elle-même.

Dans sa jeunesse l'auteur croyait deviner dans les pierres de son balcon, non une couleur moins terne, « mais *comme un effort* vers une couleur moins terne, la pulsation d'un rayon *qui voudrait* libérer sa lumière ». De même, Swann, déçu de voir que la petite phrase paraît indifférente à sa souffrance, se dit que ce n'est pas par insensibilité, mais « parce qu'*elle voit* au contraire dans la sagesse quelque chose de si supérieur à la vie positive, que c'est la seule *qui lui semble* digne d'être exprimée. Car, par ailleurs, n'a-t-elle pas réussi à capter le charme d'une tristesse intime, et à rendre visible jusqu'à son essence, qui est d'être incommunicable ? » Elle a trouvé le moyen de faire goûter à tous les assistants à la fois « la douceur divine de l'amour, – même à ceux qui en méconnaîtraient l'existence dans chacune des amours qu'ils verraient naître auprès d'eux ».

Ne faut-il pas que la musique soit douée d'un pouvoir étrange, pour pouvoir faire ressentir ainsi, au même moment, une émotion identique à tous ceux qui l'écoutent ? Au temps où il était heureux, Swann n'avait voulu voir, dans la petite phrase, qu'un reflet de son amour particulier pour Odette. Il pensait que c'était lui qui lui avait donné un sens, une personnalité. Mais depuis un an – peut-être sous l'effet de la souffrance – son goût inné pour la musique s'était développé et il commençait à tenir les motifs musicaux « pour de véritables idées d'un autre monde, idées voilées de ténèbres, inconnues, ne présentant à la raison qu'une surface obscure, mais qui entraient dans la mémoire de plain-pied avec les idées de l'intelligence ».

Intuition admirable, que l'on voudrait serrer de plus

près. Mais, dès que nous analysons l'agrégat de notes que forme une de ces « petites phrases », dans le but d'approfondir le bonheur si spécial qu'elles nous procurent, nous nous apercevons que nous faisons fausse route et que l'univers du musicien est bien plus vaste que ne le laisserait supposer l'instrument dont il joue. Le faible écart entre cinq notes, et le rappel constant de deux d'entre elles (comme dans la mélopée du pâtre, de *Tristan*) peuvent à la rigueur nous donner « une impression de douceur rétractée et frileuse ». Mais, en opérant ainsi, nous ne raisonnons pas sur la musique elle-même; nous discourons sur des valeurs que nous lui avons substituées par simple commodité. Or, cette substitution limite et paralyse notre investigation plus qu'elle ne la facilite, car le champ ouvert au musicien est d'un ordre de grandeur qui dépasse de toutes parts la gamme de sept notes dont il se sert pour l'exprimer. Il joue sur un clavier incommensurable, encore presque tout entier inexploré, « où seulement çà et là, séparées par d'épaisses ténèbres, quelques-unes des millions de touches de tendresse, de passion, de courage, de sérénité, qui le composent ont été découvertes par quelques grands artistes ». Ceux-ci, en éveillant en nous l'état d'esprit correspondant au thème qu'ils ont trouvé, nous rendent le service de nous révéler « quelle richesse, quelle variété, cache à notre insu cette grande nuit impénétrée et décourageante de notre âme, que nous prenons pour du vide et du néant ». Un des premiers effets de la musique est de dilater notre conscience (et c'est peut-être ce qui explique l'ivresse qu'elle nous procure) : elle nous apprend que l'univers des sons est beaucoup plus vaste que nous ne le pensions, et qu'il en va de même du monde ignoré que nous portons en nous.

Aussi Swann n'avait-il pas tort de croire que des phrases comme celles de la sonate existaient réellement. Même quand il n'y pensait pas, elle était présente dans son esprit, au même titre que certaines autres notions sans équivalent – comme celles de la lumière, du relief ou de la volupté physique. Nous pouvons les perdre, elles peuvent s'effacer si nous retournons au néant. Mais, tant que nous vivons, nous ne pouvons pas faire que nous ne les ayons connues. Elles forment un trésor inaliénable « qui pare et diversifie notre domaine intérieur ». En ce sens, on pouvait dire que la petite phrase était humaine. Mais ce n'était pas assez, car elle était aussi autre chose : elle appartenait à une catégorie de créatures surnaturelles que nous n'avons jamais vues, « mais que nous reconnaissons cependant avec ravissement » chaque fois qu'elles apparaissent, c'est-à-dire « chaque fois que quelque explorateur de l'invisible arrive à en capturer une et à l'amener, du monde divin où il a accès, briller quelques instants au-dessus du nôtre ».

En entendant la petite phrase lui parler de ses amours, la pensée de Swann s'était tournée, dans un élan de gratitude, vers Vinteuil, « ce frère inconnu et sublime » qui l'avait fait descendre sur terre et qui, lui aussi, avait dû beaucoup souffrir. Qui avait-il été? Quelle avait été sa vie? Sans doute n'avait-il pas « créé » la phrase de sa sonate, sans quoi elle n'aurait pas eu ce caractère ineffable et unique qui la distinguait de tant d'autres motifs musicaux. Mais il l'avait découverte, dévoilée, rendue visible. Il en avait suivi et respecté le dessin, dégagé les contours d'une main tendre, prudente, délicate et sûre. La preuve que la petite phrase était douée d'une existence réelle, c'est que tout amateur un peu fin se serait immédiatement aperçu de l'imposture si Vinteuil, ayant eu moins de puissance pour en voir et en rendre les formes, avait cherché à dissimuler les lacunes de sa vision ou les défaillances de sa main, en y ajoutant, çà et là, des traits de son cru : ces apports n'auraient pas eu le même caractère surnaturel, ils n'auraient pas été puisés « dans le monde des anges » et n'auraient engendré en nous aucune ivresse, aucune joie.

Tandis que la petite phrase – semblable à tel motif de *Tristan* ou de *Fidelio* – représentait une acquisition sentimentale indestructible. En épousant notre condition humaine, elle avait lié son sort à l'avenir, à la réalité de notre âme. « Peut-être est-ce le néant qui est le vrai et tout notre rêve est-il inexistant. Mais alors nous sentons qu'il faudra que ces phrases musicales ne soient rien non plus. Nous périrons, mais nous avons pour otages ces captives divines qui suivront notre trace. Et la mort avec elles a quelque chose de moins amer, de moins inglorieux, peut-être de moins probable. »

Après avoir analysé ainsi la musique, Proust passe alors au problème du musicien. Ici encore, il ne le fait pas d'une façon théorique, mais en employant la méthode indirecte qui lui est chère. Jamais il n'exposera des idées abstraites, mais les revêtira d'images, car pour lui, seul mérite d'être retenu – on croirait presque que seul existe – ce qui est passé par le filtre de notre sensibilité.

Cessant de considérer tous les thèmes qui entrent dans la composition d'une œuvre musicale en se plaçant au point de vue de l'auditeur, il va s'efforcer maintenant de nous faire assister à leur genèse, en se demandant comment l'artiste les a amenés à la vie.

Tout d'abord, il constate que les sensations si diverses que nous apporte la musique ont dû d'abord être ressenties par le compositeur. Comment ce Vinteuil, qu'il a connu si timide et si triste, a-t-il pu découvrir une joie sur laquelle l'audition d'une seule de ses œuvres ne laissait subsister aucun doute? D'où provenait-elle? De l'audace avec laquelle il avait assorti les sons et les timbres, donnant à l'auditeur l'impression d'être mené de trouvaille en trouvaille? Cette explication était trop superficielle pour pouvoir contenter Proust. De plus, elle venait buter contre le fait que Vinteuil ne s'était pas borné à écrire une sonate, mais avait donné naissance à tout un ensemble de chefs-d'œuvre apparentés les uns aux autres par des affinités trop accusées pour ne pas les rendre immédiatement reconnaissables. Par-delà leur diversité, on retrouvait en eux un accent commun, constant, fondamental, qui était la marque particulière de son génie. C'est lui qui rendait les œuvres de Vinteuil aussi différentes de celles de tous les autres musiciens qu'un univers peut l'être d'un autre univers. Cette intonation unique et inimitable constituait « son originalité ». Elle provenait de ce que, même lorsque Vinteuil cherchait à être nouveau, il ne pouvait faire autrement que de s'interroger *lui-même*. De toute la puissance de son effort créateur, il atteignait alors sa propre essence; et il l'atteignait à ces profondeurs « où quelque question qu'on lui pose, c'est d'un même accent, le sien propre, qu'elle répond ». C'est ce qui faisait apparaître Vinteuil « comme un explorateur » dont la musique étendrait, note par note, touche par touche, les colorations inconnues d'un univers inestimable, et ses œuvres « comme une même prière, jaillie devant différents levers de soleil intérieurs ».

Un tel accent – en l'occurrence celui de Vinteuil – est séparé de l'accent des autres musiciens par une différence bien plus grande que celle que nous percevons entre la voix de deux personnes, ou entre le cri de deux espèces animales. Car, bien que tous les musiciens soient apparentés entre eux (en ce sens qu'ils apparaissent à un moment donné de l'évolution de la musique, qu'ils profitent des trouvailles de leurs prédécesseurs et légueront à leurs successeurs des trésors que ceux-ci n'auraient jamais connus sans eux), leur différence provient de ce que leur interrogation est si personnelle qu'il est impossible de la confondre avec aucune autre. C'est, on ne saurait trop le répéter, à un accent unique que s'élèvent, que reviennent sans cesse « ces grands chanteurs que sont les musiciens originaux ». De sorte que, lorsque Vinteuil essayait de faire quelque chose de plus solennel et de plus grand, ou, au contraire, de plus vif et de plus gai, « il submergeait tout cela, malgré lui, sous une lame de fond qui rendait son chant éternel et aussitôt reconnu ».

Ce chant, si différent de celui des autres, quoique semblable à tous les siens, où Vinteuil l'avait-il appris et entendu? Au sein de sa « patrie inconnue ». « Car chaque artiste, nous dit Proust, semble être le citoyen d'une patrie inconnue, oubliée de lui-même, différente de celle d'où viendra, appareillant pour la terre, un autre artiste... Cette patrie perdue, les musiciens ne se la rappellent pas, mais chacun d'eux reste toujours inconsciemment accordé à un certain unisson avec elle. Il délire de joie quand il chante selon sa patrie, la trahit parfois, par amour de la gloire, mais alors, en cherchant la gloire, il la fuit et ce n'est qu'en la dédaignant qu'il la trouve, quand il entonne, quel que soit le sujet qu'il traite, ce chant singulier dont la monotonie – car, quel que soit le sujet traité, il reste identique à soi-même – prouve la fixité des éléments composants de son âme. »

Retrouver sa patrie perdue, y rester fidèle quand il l'a retrouvée, telle est la mission essentielle de l'artiste, la règle qu'il ne doit jamais transgresser – fût-ce pour chercher la gloire – sous peine de n'être plus rien. Mais les chemins qui y ramènent sont aussi mystérieux et aussi difficiles à déceler que les lois qui président à la naissance de l'amour ou à la résurrection du passé. Il faut que chaque artiste les découvre lui-même, car nul être vivant ne les a foulés avant lui. Cela exige une hardiesse qui ne le cède en rien à celle des hommes de science. « Audace aussi géniale que celle d'un Lavoisier ou d'un Ampère », nous dit Proust, « l'audace d'un Vinteuil expérimentant, découvrant les lois secrètes d'une force inconnue, menant à travers l'inexploré, vers le seul but possible, l'attelage invisible auquel il se confie, et qu'il n'apercevra jamais! »

Avions-nous tort de dire, dans l'avant-propos de cet essai, que de tous les écrivains français, Proust était peut-être celui qui avait parlé de la musique avec le plus de pénétration?

Mais revenons à Swann, dans le salon de Mme de Sainte-Euverte. En attendant la petite phrase de Vinteuil, il n'ose plus bouger. Que ne donnerait-il pas pour la conserver auprès de lui? Il retient son souffle, de peur de compromettre un bonheur si fragile. Personne, dans l'assistance, ne songe d'ailleurs à parler. L'attention de trois cents personnes est tenue en échec par la parole d'un absent, peut-être même d'un mort. On dirait que les mouvements des musiciens sont les rites d'officiants occupés à l'évoquer, et Swann croit être moins l'auditeur d'un concert qu'un initié participant à quelque culte surnaturel.

Nous mesurons par là la profondeur de sa chute, lorsque nous le retrouvons une vingtaine d'années plus tard. C'est de tout cela que la petite phrase « a fait l'échange ». Et lui ne nous apparaît plus que comme l'ombre de lui-même. Le temps a eu raison de ce qu'il avait de meilleur.

Peu à peu les liens avec le monde vont se relâcher. On le verra de moins en moins souvent aux soirées de Mme de Sainte-Euverte ou aux réceptions de la duchesse de Guermantes. Avant même qu'il soit mort, ses amis parleront de lui au passé. Un soir, sur le perron d'un hôtel du faubourg Saint-Germain, il prendra définitivement congé des vivants.

Mais le temps poursuit sa course. Les générations se succèdent. Au monde qui vit les premières amours de

Swann se substitue celui où l'auteur d'*Albertine disparue* va apprendre à son tour à aimer et à souffrir. C'est à celui qui dit « Je » de reprendre le flambeau que Swann a laissé éteindre. Il ne faut pas que le néant nous ravisse à tout jamais les « otages divines, qui rendent la mort moins amère, moins inglorieuse, peut-être moins probable ». Mais comment les faire renaître maintenant qu'a cessé de battre le cœur auquel elles s'étaient adressées?

Après la mort de Bergotte, toute la nuit, aux vitrines éclairées des libraires, « ses livres, disposés trois par trois, veillaient comme des anges aux ailes éplorées, et semblaient, pour celui qui n'était plus, le symbole de la résurrection ».

Au fond de quelle nuit la petite phrase attend-elle, elle aussi, sa résurrection?

Il n'y a pas longtemps, nous voyions l'auteur du *Temps perdu* nous faire part de son désenchantement, en constatant la vanité de ses efforts pour commencer « une vraie vie », et nous assurer que l'amour, lui non plus, ne nous apportait aucun bonheur, aucune communion durables. Mais si tout est irrémédiablement voué à la mort, si tout doit sombrer à jamais dans les eaux noires de l'oubli, si rien ne vaut la peine d'être ressenti ou vécu, à quoi bon se donner le tourment de l'écrire?

Or, Proust maintenant écrit, écrit sans arrêt. Par un miracle de persévérance, toute la nuit, cet homme miné par la souffrance et la maladie travaille et vit dans l'anxiété de ne pas savoir si le maître de sa destinée voudra bien surseoir à son arrêt de mort, pour lui permettre de reprendre son récit le lendemain. Il a déjà rempli vingt gros cahiers de son écriture fine et pressée.

Car le temps le talonne. Proust est à la veille de mourir, comme dévoré par l'œuvre à laquelle il a tout sacrifié. Ses crises d'étouffement s'aggravent et se multiplient. Aura-t-il la force de terminer son œuvre? Ou bien sa main retombera-t-elle avant d'avoir écrit le mot FIN au bas de la dernière page du *Temps retrouvé?*

Un tel effort de volonté, une telle obstination, ont quelque chose d'héroïque. Elles resteraient inexplicables, si Proust n'avait la conviction de détenir une vérité essentielle, un trésor qu'il fallait nous transmettre à tout prix. Mais lequel?

Encore un pas, et nous allons atteindre au point culminant de notre voyage. La « petite phrase » va renaître une dernière fois. Ayant vaincu la mort, elle va venir revivre avec nous, pour nous livrer le fond de son secret. Et elle nous le révélera, avec un accent triomphal que nous ne lui connaissions pas encore.

VIII

La communication des âmes

Les Parisiens, qui ignorent si souvent les beautés de leur capitale, ne savent pas qu'un spectacle des plus surprenants les attend certains jours dans la gare d'Orsay, pour peu qu'ils prennent la peine de s'arrêter et de lever la tête[1].

Là, la verrière du hall dessine un immense demi-cercle que vient couper verticalement le fond du Palais d'Orsay. Suivant l'éclairage et l'heure, la paroi de vitres dépolies laisse entrevoir par transparence les étages superposés de l'hôtel, avec leur va-et-vient continu. A des hauteurs différentes, tantôt à gauche au ras du sol, tantôt à droite en plein ciel, tantôt à mi-distance entre les deux, des silhouettes se découpent et bougent contre la cloison de verre. Ici, une femme écrit; là-haut, deux amis se retrouvent après une longue absence. Plus loin, un garçon de restaurant avance en tenant un plateau entre ses mains. A tous les niveaux règne une activité incessante dont le rythme s'accélère ou se ralentit pour des raisons inconnues. Une loi mystérieuse y répartit la

1. C'était du moins le cas en 1924. Depuis lors...

vie. Des grappes superposées se nouent, puis se dissolvent, séparées par la ligne horizontale d'un plancher invisible le long duquel défilent des processions de fantômes qui semblent avancer dans le vide. Accroissant encore l'étrangeté du spectacle, un silence de mort préside à tous ces mouvements. On croirait assister à quelque rite obscur, à quelque sacrifice inhumain où chacun serait à la fois officiant et victime. Toutes ces ombres vivent côte à côte, mais mourront sans être vues. Elles ont des connaissances à l'autre bout du monde, mais une paroi de verre les sépare à jamais.

Cependant, quelque chose d'essentiel relie tous ces êtres qui s'ignorent : pour chacun et pour tous, sans même qu'ils le sachent, une même heure est inscrite au cadran de l'horloge qui se dresse, gigantesque et indifférente, au milieu de la verrière. Ses aiguilles synchronisent les mouvements des centaines de silhouettes grises qui défilent de l'autre côté de la paroi de verre et enferment chacune d'elles dans une minute implacable qui l'accorde au départ des trains, aux mouvements de la ville, à la rotation de la terre, à la gravitation des mondes. Et, comme pour accroître encore le caractère insolite de cette scène qui semble symboliser la toute-puissance du temps, le dépoli du verre met, entre le spectateur et la foule verticale, un écran qui relègue cette dernière à une distance incommensurable et la noie en quelque sorte dans un brouillard irréel.

Je suis souvent resté, immobile pendant des heures, à contempler ce spectacle et à me dire que la verrière de la gare d'Orsay ressemblait étrangement à l'univers proustien. Les personnages du *Temps perdu* vivent dans un monde aussi inexorablement cloisonné que les étages superposés du Palais d'Orsay. Comme s'il ne suffisait pas que les traditions et les coutumes morcellent la société en classes et en catégories, encore faut-il que ces catégories se fragmentent d'elles-mêmes en groupes, en sous-groupes, en clans et en individus. Loin de chercher à s'évader de leur prison, ceux-ci s'acharnent à la rétrécir encore, en s'enfermant dans leur égoïsme ou dans des ambitions mesquines. On dirait que leur principale occupation consiste à se tenir à l'écart, à s'exclure les uns les autres, à édifier un système de castes « où chacun, dès sa naissance, se trouvera placé dans le rang qu'occupaient ses parents, et d'où rien, à moins des hasards d'une carrière exceptionnelle ou d'un mariage inespéré, ne pourra le tirer pour le faire accéder à une caste supérieure ». Odette ne sera jamais « reçue » chez la marquise de Sainte-Euverte et la marquise de Sainte-Euverte n'aura jamais « ses entrées » chez le baron de Charlus. Que d'années et de ruses ne faudra-t-il pas à Gilberte pour changer son nom de Swann en celui de Forcheville! Chacun a ses préjugés, ses façons de sentir, voire son vocabulaire particulier. Le langage du « petit clan » n'est pas celui des Guermantes et creuse un abîme infranchissable entre leurs deux salons. Par contre, les Guermantes possèdent des traits communs qui permettent de les classer, comme le font les naturalistes, dans le même groupe zoologique. Mais cette classification ne fait que souligner la distance qui les sépare du sous-groupe que forment leurs cousins les Courvoisier. Tous les personnages du *Temps perdu* gravitent à l'intérieur d'un cercle extrêmement restreint qui ne dépasse jamais les limites de leurs fréquentations, de leurs fournisseurs ou des habitants de leur quartier. On dirait qu'ils habitent les alvéoles d'une colonie de madrépores.

Quelques figures, cependant, échappent à cette règle. Ce sont d'abord Swann, Odette et le personnage qui dit « Je ». Deux autres encore traversent la société en diagonale, comme des comètes errantes : ce sont le baron de Charlus et le marquis de Saint-Loup. S'ils parviennent à briser les cadres rigides qu'auraient dû leur assigner leur rang, leur naissance et le respect des hiérarchies, c'est qu'ils ont perçu derrière les apparences – chacun à leur façon – l'appel de ces présences cachées qui nous invitent, de loin en loin, à « commencer une vraie vie ».

Mais que leur trajectoire soit longue ou courte, circulaire ou elliptique, tous ces personnages n'en finissent pas moins par se heurter à une barrière bien plus infranchissable que le cloisonnement social : c'est l'impossibilité de s'évader d'eux-mêmes. C'est cette impossibilité, plus encore que l'intangibilité des castes, qui s'oppose à la communication des êtres, car « les cadrans intérieurs qui sont impartis aux hommes ne sont pas tous réglés à la même heure; l'un sonne celle du repos en même temps que l'autre celle du travail; l'un celle du châtiment par le juge quand, chez le coupable, celle du repentir et du perfectionnement intérieur est sonnée depuis longtemps ». C'est pourquoi aucune de nos joies, aucune de nos peines ne peuvent être entièrement partagées, fût-ce par ceux qui nous sont les plus proches, et il en irait de même dans une société d'où tout vestige de classe ou de caste aurait disparu. Les âmes, éternellement distinctes, restent éternellement fermées et imperméables les unes aux autres. Parce qu'il n'y a pas de communication entre elles, il n'y a pas non plus de communion. Même celle que nous propose l'amour n'est qu'un leurre.

Ces dispositions particulières (ou – si l'on préfère – cette « personnalisation » de notre durée intérieure) ne nous interdisent pas seulement toute communion : elles nous plongent dans un flot mouvant qui nous transforme sans cesse et fait de nous non point un seul être mais une succession d'êtres si différents les uns des autres qu'ils en arrivent parfois à ne plus se reconnaître. De même que la passion de Swann pour Odette avait été non pas « un seul amour » mais « une série de tendresses », de même chaque acte, chaque émotion, chaque perception de notre vie, s'inscrivent au sein d'un contexte unique, qui ne se représentera plus. Au moment où meurt sa grand-mère, le personnage qui dit « Je » se rend à peine compte de sa douleur; ce n'est que beaucoup plus tard, couché dans la chambre d'un hôtel où il a passé ses vacances avec elle au temps de sa jeunesse, qu'il comprend, en se tournant vers le mur, que les trois coups habituels frappés par la défunte ne viendront plus jamais le tirer de son sommeil, et c'est à ce moment qu'il éclate en sanglots. Plusieurs années plus tard, lorsque Albertine le quitte à son tour, il met longtemps à se convaincre qu'il ne faut plus la chercher dans la flamme d'une lampe, dans l'ouverture d'une porte. Partout où il tend les mains, l'auteur ne saisit que du vide. Ce que nous croyons une chose d'aspect défini possède, dans le temps et dans l'espace, mille autres aspects, mille perspectives différentes, non moins légitimes. Aux cadres rigides du milieu social et à l'écoulement mouvant de notre durée intérieure, viennent s'ajouter, comme pour accroître notre solitude, les défaillances de la mémoire et les intermittences du cœur.

Partir vers d'autres planètes, avec les mêmes yeux et

le même cœur, ne saurait rien y changer. Le seul rajeunissement possible, ce ne serait pas d'aller vers de nouveaux paysages, « mais de voir l'univers avec les yeux d'un autre, de cent autres, de voir les cent univers que chacun d'eux voit, que chacun d'eux est ».

N'y a-t-il vraiment rien, absolument rien, en ce monde, qui nous permette de communiquer et de communier avec nos semblables ? N'y a-t-il rien qui ait le pouvoir, en harmonisant nos temps individuels, de nous faire partager les mêmes émotions, les mêmes vérités ? N'y a-t-il rien qui soit capable de briser les murs de notre prison ? Et si cette chose existe, comment remonter jusqu'à elle ? Comment, en nous dépouillant de notre caractère contingent et mortel, étreindre ce qu'elle contient d'absolu et d'éternel ?

C'est à cette question, que chacun de nous s'est posée à un moment donné de sa vie, que la « petite phrase » de Vinteuil va répondre.

Plusieurs années après la mort de Swann, nous retrouvons le narrateur chez Mme Verdurin, qui, de son côté, a beaucoup vieilli. Il a été convié à un concert où un groupe d'instrumentistes doit exécuter une œuvre posthume de Vinteuil. Mais il n'en a pas été prévenu. L'eût-on prévenu, d'ailleurs, que cela n'aurait pas changé grand-chose, car il ne connaît jusqu'ici qu'une sonate de ce compositeur, et croit même que c'est la seule œuvre qu'il ait écrite. Odette lui en a joué quelques fragments sur son piano, au temps où Swann vivait encore (ce qui remonte à bien longtemps). Il les a écoutés d'une oreille distraite. La « petite phrase » lui a paru jolie, certes, mais assez insignifiante. Comme elle ne lui a causé aucun plaisir particulier, qu'elle « ne lui a rien dit », sa mémoire n'en a pas retenu grand-chose.

Le concert commence. Le premier sentiment du narrateur est un dépaysement total. « Je ne connaissais pas ce qu'on jouait », nous dit-il, « je me trouvais en pays inconnu. Où le situer? Dans l'œuvre de quel auteur étais-je? »

La composition nouvelle s'annonce « comme suspendue au-dessus d'un vide infini ». Elle se constitue peu à peu devant lui tel un univers inexploré, tiré progressivement du silence de la nuit. Mais, dès que l'ont touchée les premiers feux de l'aurore, voici qu'elle s'empourpre, comme les surfaces planes et unies de la mer, lorsque les nuées orageuses s'amassent au-dessus d'elle. Comme on le voit, l'ambiance dramatique de cette œuvre – un septuor – ne ressemble nullement à celle de la sonate. Alors que celle-ci s'ouvrait sur une aube liliale et champêtre, le septuor, lui, s'avance entouré des lueurs sanglantes qui précèdent un ouragan. Le rouge si nouveau gagne de proche en proche et finit par teindre tout le ciel d'un espoir mystérieux. Nul doute n'est plus permis : quelque chose d'étrange et de terrible se prépare, et c'est d'un cœur serré que le narrateur suit les diverses péripéties de cet enfantement tragique.

Mais voici qu'un chant déchirant perce l'air, le plus inconnu, le plus différent de tout ce que l'on eût pu imaginer, aussi vif que la nuance écarlate qui imprégnait le début de l'œuvre. Il évoque quelque chose comme « un mystique chant de coq », un appel ineffable, mais aigu, de l'éternel matin.

L'incantation se précise. « L'ange rouge du matin » s'efface. On croirait que l'atmosphère délavée influence les cordes des instruments, comme des baromètres affolés par l'altitude où l'on monte. Dans quelle étrange contrée sommes-nous donc parvenus? L'air raréfié, grelottant, électrique semble changer à tout instant, balayant la promesse empourprée de l'aurore. La tempête approche. Ici encore, les musiciens semblent des officiants en train d'évoquer l'âme d'un mort. Les nuées s'amoncellent, striant le paysage d'éclairs livides. L'horizon, tout à l'heure embrasé, s'assombrit de minute en minute. Tout semble prêt à s'engloutir dans une atmosphère d'apocalypse.

Soudain, les ténèbres se déchirent. La lumière réapparaît. Et c'est, incendiant toutes choses de leur clameur ensoleillée, la titubation joyeuse des cloches de Pâques, annonçant l'heure de la résurrection. Alors le miracle s'accomplit.

« Tout à coup », nous dit le narrateur, « je me reconnus au milieu de cette musique nouvelle pour moi, et, plus merveilleuse qu'une adolescente, la petite phrase enveloppée, harnachée d'argent, toute ruisselante de sonorités brillantes, légères et douces comme des écharpes, vint à moi, reconnaissable sous des parures nouvelles. Ma joie de l'avoir retrouvée s'accroissait de l'accent si amicalement connu qu'elle prenait pour s'adresser à moi, si persuasif, si simple, non sans laisser éclater pourtant cette beauté chatoyante dont elle resplendissait. »

On n'a pas suffisamment pris garde à la signification de ces lignes, ni à la contradiction apparente qu'elles contiennent. *« Je me reconnus tout à coup dans cette musique nouvelle pour moi... Ma joie de l'avoir retrouvée* (la petite phrase) *s'accroissait de l'accent si amicalement connu qu'elle prenait pour s'adresser à moi...* »

La petite phrase – nous l'avons vu – n'a jamais rien signifié, jusqu'ici, pour celui qui dit « Je ». C'est à peine s'il la connaît. Jamais Swann ne lui a confié ce qu'elle représentait pour lui, ni comment elle avait été mêlée à son amour pour Odette. Jamais il ne lui a dit « qu'il voyait en elle une créature douée d'une existence indépendante » et que la douleur subite qu'elle lui avait causée, après les journées atroces qui avaient suivi le départ de son amante, provenait de ce « qu'elle lui avait rendu ces jours eux-mêmes tels qu'il les avait jadis sentis ». De plus, les scènes où la petite phrase est évoquée, dans la partie de l'œuvre intitulée *Un amour de Swann,* se situent *avant* la naissance du narrateur, exactement un an après le mariage de ses parents, comme Proust a pris soin de le préciser. (Nous n'aurions sans doute pas remarqué ces détails, noyés comme ils le sont dans la masse touffue de l'œuvre, si l'auteur n'avait attiré notre attention sur eux.) Comment se fait-il alors que la petite phrase prenne un accent « si amicalement connu » pour s'adresser à lui? Comment se fait-il qu'il « la reconnaisse » sans hésiter, et qu'il éprouve une si grande joie à l'avoir « retrouvée »? Est-ce simplement parce qu'il l'entend pour la deuxième fois, et que cette seconde audition réveille en lui le souvenir de la première (effacée par un intervalle de plusieurs années) – celle où Odette la lui avait jouée d'un doigt malhabile, et où, d'ailleurs, elle « ne lui avait rien dit »? Dans ce cas, il ressentirait devant elle une émotion personnelle, différente de celle que Swann avait éprouvée. Il ne l'aurait pas immédiatement associée à l'amour, mais à une promenade, à un paysage, à quelque fragment de son propre passé. Mais non : c'est une émotion en tous points identique à celle de Swann qu'il sent s'éveiller en lui en la voyant dérouler ses écharpes soyeuses. On dirait que le message qu'elle lui apporte lui est légué par-delà le Temps et par-delà la mort... « De même », nous dit-il, « que je comprenais à présent que toutes les œuvres précédentes de Vinteuil n'avaient été que les ébauches du chef-d'œuvre triomphal qui m'était révélé, de même, je compris que toutes mes autres amours n'avaient été que de minces et timides essais, des appels qui préparaient ce plus vaste amour : l'amour pour Albertine »; et il pense, malgré lui, combien il est triste que son amie ne sache pas « quel honneur c'était pour elle d'être mêlée à quelque chose de si grand qui les réunissait, et dont elle avait semblé emprunter la voix pathétique ».

Comme on le voit, le narrateur parle à présent de la « petite phrase » avec le même accent que Swann lorsqu'il était en vie. C'est bien l'âme d'un mort que les musiciens ont ressuscitée : Swann revit tout entier dans cette mélodie, à laquelle il avait confié le meilleur de lui-même. Elle a gardé, pour les transmettre aux générations futures,

La forme et l'essence divines
De ses amours décomposées.

C'est dans ce même salon des Verdurin que Swann avait éprouvé le désir, et presque la force, de « commencer une vraie vie ». Le narrateur, à son tour, se rappelle la présence mystérieuse qui lui faisait signe derrière les clochers de Martinville ou les arbres de Balbec. A cette époque il n'avait pas réussi à la définir ni à l'exprimer. Elle était demeurée comme les objets placés trop loin, « dont nos doigts allongés, au bout de notre bras tendu, effleurent seulement l'enveloppe sans arriver à rien saisir ». Cette fois-ci, il comprend qu'il est inutile de chercher à l'exprimer par des mots parce que seule la musique a le pouvoir de parvenir jusqu'à son essence, et que, « débarrassée des formes analytiques du raisonnement, elle seule peut atteindre cet univers merveilleux, intemporel, si supérieur au nôtre qu'il semble appartenir au monde des anges. » Et elle le peut parce qu'elle n'est pas seulement un art, comme la peinture ou la sculpture : elle est *un langage,* un langage dont le sens se serait égaré au cours des âges.

Toutes les avenues tracées au cours de cet essai convergent et se rejoignent dans ce passage qui contient peut-être la découverte la plus grandiose et la plus originale du génie proustien :

« De même que certains êtres sont les derniers témoins d'une forme de vie que la nature a abandonnée, je me demande si la musique n'était pas l'exemple unique de ce qu'aurait pu être – s'il n'y avait pas eu l'invention du langage, la formation des mots, l'analyse des idées – LA COMMUNICATION DES ÂMES. Elle est comme une possibilité qui n'a pas eu de suite ; l'humanité s'est engagée dans d'autres voies, celles du langage parlé et écrit. Mais ce retour à l'inanalysé était si enivrant, qu'au sortir de ce Paradis, le contact des êtres plus ou moins intelligents me semblait d'une insignifiance extraordinaire. Qu'étaient leurs paroles à côté de la céleste phrase musicale avec laquelle je venais de m'entretenir ? J'étais vraiment comme un ange déchu des ivresses du Paradis... »

Balzac, déjà, a vu dans la musique « une langue mille fois plus riche que celle des mots, qui est au langage parlé ce que la pensée est à la parole ». Jacopo Peri, le compositeur de cet *Euridice* qui fut le premier opéra de la Renaissance italienne, nous déclare, dans sa préface, que son ambition a consisté « à dégager de la musique un parler plus parfait, qui surpassât le langage ordinaire en puissance et en suavité ». De siècle en siècle, on voit resurgir cet espoir dans l'imagination des hommes. Mais Proust, qui l'a redécouvert au fond de lui-même, en a poussé l'analyse beaucoup plus loin que ses devanciers. Il a constaté tout d'abord que l'art, et la musique en particulier, « réussit à faire apparaître et à extérioriser la composition intime de ces mondes que nous appelons les individus ». Elle y parvient en exprimant la totalité de nos émotions et de nos perceptions, c'est-à-dire cette part que nous sommes toujours condamnés à conserver pour nous-mêmes, « cet ineffable qui différencie qualitativement ce que chacun a senti et qu'il est obligé de laisser au seuil des mots, de sorte qu'il ne peut communiquer avec autrui qu'en se limitant à des points extérieurs, communs et sans intérêt ». Ce que nous révèle la musique est donc bien ce qu'il y a de meilleur et de plus profond en nous.

C'est grâce à ce pouvoir qu'elle réussit à faire ressentir à tous, au même moment, une même émotion. C'est en provoquant et en instaurant « une eurythmie des cœurs », qu'elle dissout les barrières qui s'opposent à la communication des êtres et fait coïncider chaque âme avec toutes les autres.

Et pas seulement les âmes des vivants, mais aussi celles des morts, puisque l'âme de Swann revit tout entière dans la petite phrase. Et non seulement celle de Swann, mais aussi celle de Vinteuil. Ce point central où, dans l'abolition du temps, ce qu'il y a de plus haut dans l'univers rejoint et épouse ce qu'il y a de plus profond en l'homme, c'est là ce que Proust appelle le Paradis. Non point un Paradis lointain et métaphysique, mais un Paradis à chaque instant accessible à notre désir, la « patrie perdue » que chacun porte en soi, vers laquelle l'artiste nous ramène dans son quadrige, et qui le fait délirer de joie lorsqu'il l'a retrouvée car elle est en même temps la patrie perdue de tous.

Proust nous a dit plus haut que la seule évasion possible de notre prison individuelle serait « de voir l'univers avec les yeux d'un autre ». C'est cela, justement, que permet la musique, et il nous l'affirme dans un passage d'une rare magnificence : « Des ailes, un autre appareil respiratoire plus perfectionné que le nôtre et qui nous permissent de traverser l'immensité, ne nous serviraient à rien, car, si nous allions dans Mars et dans Vénus en gardant les mêmes sens, ils revêtiraient tout ce que nous pourrions voir du même aspect que les choses de la Terre. Le seul véritable voyage, le seul bain de Jouvence, ce ne serait pas d'aller vers de nouveaux paysages, mais d'avoir d'autres yeux, de voir les cent univers que chacun est, que chacun voit. Et cela – nous affirme-t-il – nous le pouvons avec un Vinteuil », puisqu'il nous conduit jusqu'à ce lieu trop souvent ignoré, où nous voyons l'univers non pas seulement avec les yeux d'un autre, mais d'un coup avec les yeux de tous les vivants et les morts.

« Avec lui, nous volons vraiment d'étoile en étoile. » Avec lui, l'essence permanente et habituellement cachée des choses se trouve libérée. Avec lui, notre vrai moi, qui paraît parfois mort, « s'éveille et s'anime en recevant la céleste nourriture qui lui est apportée ». Car *« une minute affranchie de l'ordre du temps recrée en nous, pour la sentir, un homme affranchi de l'ordre du monde ».*

Mais voici que la musique recommence, après un court entracte. Ce qui frappe à présent le narrateur, c'est la joie inouïe, l'ivresse triomphale qui semble avoir animé le compositeur. Il le voit « puisant dans les couleurs qu'il venait de trouver une joie éperdue qui lui donnait le pouvoir de découvrir, de se jeter sur celles qu'elles semblaient appeler, ravi, tressaillant comme au choc d'une étincelle, quand le sublime naissait de lui-même de la rencontre des cuivres, haletant, grisé, affolé, vertigineux, tandis qu'il peignait sa grande fresque musicale, comme Michel-Ange attaché à son échelle et lançant, tête en bas, de tumultueux coups de brosse au plafond de la Chapelle Sixtine ».

Cette allégresse créatrice, que Proust nous dépeint si bien, accompagne toujours l'apparition de la beauté. Elle est comme un reflet de celle que dut ressentir le Créateur, et qui est demeurée intacte, au sein de sa créature. Elle apparaît toujours, là où l'on assiste à une extension de la vie. Comme l'a très bien noté Bergson : « la joie annonce toujours que la vie a réussi, qu'elle a gagné du terrain, qu'elle a remporté une victoire; toute grande joie a un accent triomphal... Partout où il y a de la joie, il y a création; et plus riche est la création, plus profonde est la joie ».

Certes, à entendre ces accents si directs, si pressants, il était impossible de croire que Vinteuil fût mort depuis des années. Au milieu de ces instruments qu'il avait animés, ne poursuivait-il pas, pour un temps illimité, une part au moins de sa vie? « Mais de sa vie d'homme seulement »?, se demande le narrateur. « Si l'art n'était que le prolongement de la vie, valait-il de rien lui sacrifier? N'était-il pas aussi irréel qu'elle? A mieux écouter ce septuor, je ne le pouvais penser. »

Tandis que le septuor avance vers sa fin, le narrateur aperçoit une seconde phrase de la sonate, comme baignant dans un brouillard opalescent. « Hésitante, elle s'approcha, disparut comme effarouchée, puis revint, et s'enlaça à d'autres avec lesquelles elle forma comme une ronde divine. Peu à peu, elles s'éloignèrent, sauf une, que je vis repasser jusqu'à cinq ou six fois sans que je pusse apercevoir son visage, mais si caressante, si différente de ce qu'aucune femme m'avait jamais fait désirer, que cette phrase-là, qui m'offrait, d'une voix si douce, un bonheur qu'il eût vraiment valu la peine d'obtenir; c'est peut-être la seule Inconnue qu'il m'ait été jamais donné de rencontrer dans ma vie. »

Au bout de quelques instants ce thème se défait, se transforme, et redevient le mystérieux appel du début. Une autre phrase, d'un caractère douloureux, vient s'opposer à lui. Les deux motifs luttent ensemble pendant un temps, dans un corps à corps où parfois l'un disparaît entièrement et où ensuite on n'aperçoit qu'un morceau de l'autre. Corps à corps d'énergies pures, cela va sans dire, car les êtres qui s'effondrent sont débarrassés de leur corps physique, de leur apparence et de leur nom.

« Enfin », nous dit Proust, « le motif joyeux resta triomphant. Ce n'était plus un appel inquiet, lancé derrière un ciel vide, c'était une joie ineffable qui semblait venir du Paradis, une joie aussi différente de celle de la sonate que, d'un doux ange de Bellini, jouant du théorbe, pourrait être, vêtu d'une robe écarlate, quelque archange de Mantegna sonnant dans un buccin. Je savais bien que cette nuance nouvelle dans la joie, cet appel vers une joie supraterrestre, je ne l'oublierais jamais. »

Un à un, les instruments se taisent, les derniers accords de la musique s'éteignent et tout rentre dans le silence, d'où il était issu.

Le concert était terminé.

IX

Le Temps retrouvé

Pourtant, cet appel vers une joie supraterrestre, Proust ne devait plus jamais l'entendre. « L'ange écarlate du matin » ne devait plus jamais venir le visiter. Durant les dernières années de sa vie, tout s'assombrit progressivement en lui et autour de lui, de sorte que la fin de son œuvre baigne dans une atmosphère de tristesse et de résignation.

A plusieurs reprises, l'auteur du *Temps perdu* se sent étreint par le doute : il se demande si l'idéal auquel il a cru existe réellement. Le bonheur qu'il a ressenti à l'audition du septuor – quelle qu'ait été son intensité – est resté malgré tout enclos dans une minute fugace. Après avoir eu l'impression de s'entretenir avec les anges, il est retombé dans son état contingent et mortel. Qu'est-ce qu'une immortalité aussi éphémère? Une « vraie vie » – si nous pouvions y accéder – durerait éternellement. Or, ces instants privilégiés, où nous nous sentons soulevés par un battement d'ailes indicible et où nous croyons « voler d'étoile en étoile », ne durent que quelques secondes. Au sortir de l'exaltation qui nous a transportés, le monde nous paraît encore plus sombre et plus limité qu'auparavant. Les barreaux de notre cage ne se reformeraient pas si vite, si nous les avions vraiment brisés. Alors, quelle valeur peut-on accorder à ces instants bénis qui ne sont que des instants?

Sans doute l'auteur d'*Albertine disparue* demeure-t-il convaincu que de telles minutes représentent ce qu'il y a de plus précieux dans notre vie. Mais cette conviction s'estompe et s'oblitère avec les années. Il faudrait, pour la raffermir, que le miracle se renouvelât, ne fût-ce que de temps à autre... Or, il ne se renouvelle plus.

Un jour, un événement imprévu vient lui confirmer que l'idéal auquel il a cru n'existe pas. Au cours d'un voyage, son train s'est arrêté en pleine campagne. « Le soleil couchant », nous dit-il, « éclairait jusqu'à la moitié de leur tronc une rangée d'arbres qui suivait la ligne du chemin de fer. " Arbres ", pensai-je, " vous n'avez plus rien à me dire, mon cœur refroidi ne vous entend plus. Je suis pourtant ici en pleine nature; eh bien, c'est avec froideur, avec ennui, que mes yeux constatent la ligne qui sépare votre front lumineux de votre tronc d'ombre. Si jamais j'ai pu me croire poète, je sais maintenant que je ne le suis pas. Peut-être, dans la nouvelle partie de ma vie desséchée qui s'ouvre, les hommes pourront-ils m'inspirer ce que ne me dit plus la nature. Mais les années où j'aurais peut-être été capable de la chanter ne reviendront jamais " ».

Cette absence de réaction devant un rideau d'arbres éclairés par un coucher de soleil lui cause une tristesse d'autant plus poignante que cette scène est justement du genre de celles qui auraient réveillé en lui, autrefois, des résonances infinies. Maintenant, il se borne à « constater » froidement sur leurs troncs la ligne qui sépare la lumière de l'ombre. Contrairement à ce qu'il avait ressenti jadis devant les arbres de Balbec ou les clochers de Martinville, ils ne lui adressent aucun appel et ne suscitent au fond de lui-même aucun écho. On dirait que son âme s'est vidée de sa ferveur.

Longtemps il a espéré se consacrer à un travail dans lequel il aurait consigné ses élans vers « une vraie vie ». Mais cela vaut-il la peine de renoncer à tout pour l'écrire, puisqu'il vient de se rendre compte qu'un tel ouvrage « n'est pas, ou n'est plus fait pour lui, et que peut-être même, il ne correspond à rien de réel »? « J'avais maintenant la preuve », ajoute-t-il, « que je n'étais plus bon à rien, que la littérature ne pouvait plus me causer aucune joie, soit par ma faute, étant trop peu doué, soit par la sienne, si elle était en effet moins chargée de réalité que je ne l'avais cru. » Il cherche à s'en consoler en se disant « qu'une observation humaine possible pourrait venir prendre la place d'une inspiration impossible ». Mais il est bien trop lucide pour ne pas voir qu'il cherche à se leurrer : jamais une analyse ne vaudra une création.

Certes, si sa ferveur s'est éteinte, ses dons d'observation sont demeurés intacts. Sa santé chancelante les a plutôt aiguisés. Bergotte lui a dit un jour : « Vous êtes malade, mais on ne peut vous plaindre, car vous avez les joies de l'esprit! » Profonde erreur : il n'en trouve aucune dans « cette lucidité stérile ». « Pouvais-je appeler joie », nous dit-il, « ces froides constatations que mon œil clairvoyant ou mon raisonnement juste relevaient sans aucun plaisir et qui restaient infécondes? »

Si son assèchement intérieur le désole, le spectacle que lui offre le monde n'est pas moins décourageant. Il ne lui présente que des êtres irrémédiablement voués à la décrépitude et à la mort. Au cours d'une ultime réception chez la princesse de Guermantes, la plupart des personnages qu'il a admirés dans sa jeunesse reparaissent devant lui, mais sous un aspect étrange : on les dirait juchés sur leur passé comme sur des échasses. Celles-ci ne cessent de grandir et atteignent, pour certains, la hauteur d'un clocher. Il voit le duc de Guermantes s'avancer en titubant « comme ces vieux archevêques qui n'ont plus rien de solide que leur croix pectorale », et vers lesquels s'empressent de jeunes séminaristes, pour les soutenir par les aisselles et les empêcher de tomber. Où que Proust tende les regards, il n'aperçoit que des ombres prêtes, au moindre geste, à basculer dans le néant. Il s'effraie alors de constater que ses propres échasses sont déjà très hautes sous ses pieds, et il se demande s'il aura encore la force de maintenir longtemps attaché à lui « ce passé qui descend déjà si loin » et qu'il porte si douloureusement dans son cœur.

Encore ne s'agit-il là que des survivants. Combien d'autres, déjà, sont descendus dans la tombe? Sa grand-mère, son père, sa mère, Bergotte, Saint-Loup, beaucoup d'êtres aimés qu'il ne reverra plus. Dans l'avant-dernier chapitre de son œuvre, il rencontre une dernière fois le baron de Charlus. Hélas! le séduisant, le prestigieux Palamède n'est plus qu'une ruine. Il ne sait que lui répéter, sur un ton uniforme, bégayant et aux sourdes résonances sépulcrales, ces mots où perce, malgré tout, la satisfaction d'avoir survécu à tant de ses contemporains : « Souvenez-vous! Hannibal de Bréauté, mort! Antoine de Mouchy, mort! Charles Swann, mort! Adalbert de Montmorency, mort! Boson de Talleyrand, mort! Sosthène de Doudeauville, mort! » Et chaque fois, nous dit Proust, ce mot « mort » semblait tomber sur ces défunts « comme une poignée de terre plus lourde, lancée par un fossoyeur qui tenait à les river plus profondément à la tombe... ».

Pourtant – et cela aussi ne semble pas avoir été mis suffisamment en lumière, bien que ce soit une des particularités les plus remarquables de son livre – c'est au moment précis où il se sent l'âme dépouillée de son ancienne ferveur et l'esprit tourmenté par le sentiment de son impuissance, que Proust va se retirer du monde pour faire éclore, au fond de sa chambre obscure, une des œuvres les plus merveilleuses qui soient jamais sorties de la plume d'un écrivain. Où a-t-il puisé la force de le faire? Quelle certitude lui a rendu, au sein de son désenchantement, le pouvoir – et le désir – de recomposer un monde décomposé, afin de nous restituer la saveur, la couleur et les émotions de sa jeunesse?

C'est qu'il a fait, au cours de sa vie, une découverte qui compense, dans son esprit, l'espoir d'accéder à une autre vie que les années lui ont enlevé : à savoir que, s'il est impossible de s'évader du Temps, il est cependant possible d'en remonter le cours. Faute de pouvoir accéder à l'Adoration perpétuelle, on peut au moins disposer du Temps retrouvé.

Grâce à notre mémoire, nous détenons le pouvoir magique de faire resurgir notre passé. Et ce pouvoir ne consiste pas seulement à revenir en arrière; il équivaut, littéralement, à en suspendre l'écoulement pour mieux l'observer. « Le génie », a dit Baudelaire, « c'est l'enfance retrouvée à volonté. » Si cette définition peut s'appliquer à quelqu'un, c'est bien à Marcel Proust.

Car, malgré les apparences, nous dit-il, notre passé n'est pas mort. Nous pouvons l'avoir oublié. Il n'en survit pas moins dans une zone obscure de nous-mêmes, intact et aussi frais que le jour où nous l'avons vécu, comme dans ces garde-manger où les ménagères prévoyantes rangent en été les provisions de confitures qui nous aideront à passer l'hiver et qui nous apporteront, par un jour brumeux et glacé de décembre, le parfum et la saveur des abricots et des framboises mûris dans les vergers ensoleillés de juillet. « Si le souvenir, grâce à l'oubli, n'a pu contracter aucun lien, jeter aucun chaînon entre lui et la minute présente », écrit l'auteur d'*Albertine disparue,* « s'il est resté à sa place, à sa date, s'il a gardé ses distances, son isolement dans le creux d'une vallée ou à la pointe d'un clocher, il nous fait respirer – quand nous le retrouvons – un air nouveau, précisément parce que c'est un air que nous avons respiré autrefois, cet air plus pur que les poètes ont vainement essayé de faire régner dans le Paradis et qui ne pourrait donner cette sensation profonde de renouvellement que s'il avait été respiré déjà, car les vrais Paradis sont les Paradis que l'on a perdus. »

Ainsi, à une immortalité impossible, parce que située hors du Temps, Proust substitue cette notion consolatrice, parce qu'incluse dans la texture même de notre durée individuelle : la pérennité du souvenir.

Non seulement notre passé peut resurgir à tout instant à la surface de notre conscience pour faire irruption dans le présent, mais le fait de l'avoir ressenti et vécu une première fois l'embellit et l'éternise. Tout homme devient un poète sitôt qu'il se souvient. Renversant complètement son optique antérieure, Proust considère à présent que les valeurs les plus hautes ne résident ni dans cette essence cachée des choses qu'il cherchait vainement à saisir, ni dans ce résidu incommunicable que le langage nous contraint de laisser au seuil des mots, mais, au contraire, dans la multitude de contingences et de particularités qui donnent leur unicité à chaque être, à chaque paysage, à chaque instant de notre vie.

« Certes », nous dit Proust dans une page admirable qui mérite d'être citée en entier, « les fleurs qui jouaient dans l'herbe, l'eau qui passait au soleil, ce coin de nature, ce bout de jardin, quand ils étaient longuement contemplés par cet humble passant, par cet enfant qui rêvait – comme l'est un roi par un mémorialiste perdu dans la foule – n'eussent pu penser que ce serait grâce à lui qu'ils seraient appelés à survivre en leurs particularités les plus éphémères; et pourtant ce parfum d'aubépine qui butine le long de la haie où les églantiers le remplaceront bientôt, un bruit de pas sans écho sur les graviers d'une allée, une bulle d'air formée contre une plante aquatique par l'eau de la rivière et qui crève aussitôt, mon exaltation les a portés et a réussi à leur faire traverser tant d'années successives, tandis qu'alentour les chemins se sont effacés et que sont morts ceux qui les foulèrent, et le souvenir de ceux qui les foulèrent. Parfois, ce morceau de paysage, amené ainsi jusqu'à aujourd'hui, se détache, si isolé de tout, qu'il flotte incertain dans ma pensée comme une Délos fleurie sans que je puisse dire de quel pays, de quel temps – peut-être simplement de quel rêve –, il vient. Mais c'est surtout comme à des gisements profonds de mon sol mental, comme aux terrains résistants sur lesquels je m'appuie encore, que je dois penser au côté de Méséglise et au côté de Guermantes. C'est parce que je croyais aux choses, aux êtres, tandis que je les parcourais, que les choses, les êtres qu'ils m'ont fait connaître sont les seuls que je prenne au sérieux et qui me donnent encore de la joie. Soit que la foi qui crée soit tarie en moi, soit que la réalité ne se forme que dans la mémoire, les fleurs qu'on me montre aujourd'hui pour la première fois ne me semblent pas de vraies fleurs. Le côté de Méséglise avec ses lilas, ses aubépines, ses bleuets, ses coquelicots, ses pommiers; le côté de Guermantes avec ses nymphéas et ses boutons-d'or, ont constitué à tout jamais pour moi la figure des pays où j'aimerais vivre, me promener en canot, voir des ruines de fortifications gothiques et trouver au milieu des blés, ainsi qu'était Saint-André-des-Champs, une église monumentale, rustique et dorée comme une meule; et les bleuets, les aubépines, les pommiers qu'il m'arrive, quand je voyage, de rencontrer encore dans les champs, parce qu'ils sont situés à la même profondeur, au niveau de mon passé, sont immédiatement en communication avec mon cœur. Et pourtant, parce qu'il y a quelque chose d'individuel dans les lieux, quand me saisit le désir de revoir le côté de Guermantes, on ne le satisferait pas en me menant au bord d'une rivière où il y aurait d'aussi beaux, de plus beaux nymphéas que dans la Vivonne; pas plus que le soir en rentrant je n'aurais souhaité que vienne me dire bonsoir une mère plus belle et plus intelligente que la mienne. Non; de même que ce qu'il fallait pour que je pusse m'endormir heureux, c'est que ce fût elle, c'est qu'elle inclinât vers moi ce visage où il y avait au-dessous de l'œil quelque chose qui était, paraît-il, un défaut, mais que j'aimais à l'égal du reste; de même, ce que je veux revoir, c'est le côté de Guermantes que j'ai connu, avec la ferme qui est peu éloignée des deux suivantes, serrées l'une contre l'autre à l'entrée de l'allée des chênes; ce sont les prairies où, quand le soleil les rend réfléchissantes comme une mare, se dessinent les feuilles des pommiers; c'est le paysage dont parfois la nuit, dans mes rêves, l'individualité m'étreint avec une puissance presque fantastique. »

Ainsi, heure par heure, goutte par goutte, Proust a fabriqué avec le nectar du *Temps perdu,* le miel du *Temps retrouvé.* Ainsi il a rempli de rêves ses longues nuits d'insomnie et a édifié, page par page, « une œuvre capable de supporter tout l'édifice du souvenir ».

Mais s'il a pu nous restituer tout ce passé, tantôt diapré, chantant et glorieux, tantôt sombre, anxieux et désolé, c'est parce que, tout en le ramenant à la vie avec ses particularités les plus individuelles, il lui a infusé une beauté qui le rendait transmissible à d'autres. Comme Elstir, comme Bergotte, comme Vinteuil, Proust a su conférer aux trésors de sa mémoire une valeur qu'ils n'avaient peut-être pas en eux-mêmes : il en a fait de l'art.

C'est grâce à cette alchimie mystérieuse que son œuvre survivra dans nos cœurs, comme elle revivra dans ceux des générations à naître. Nous pouvons nous en éloigner, l'oublier, ne plus penser à elle; elle n'en ressuscitera pas moins en nous, un jour ou l'autre, peut-être au moment où nous y penserons le moins. Semblables à ces phrases musicales dont l'auteur de *Swann* nous dit « qu'une fois entendues, nous ne pouvons plus faire que nous ne les ayons connues », ses descriptions et ses personnages continuent « à parer et à diversifier notre monde intérieur ».

C'est là la forme d'immortalité qu'il s'est ménagée. Et s'il n'a pu échapper au Temps, dans ses efforts pour atteindre un monde supraterrestre, du moins l'a-t-il vaincu, en conférant à tout ce qu'il a rencontré sur sa route ce don de survie illimitée qui est un des privilèges de l'Art.

Toussaint 1925.

RETOUR A MARCEL PROUST

I

Après une seconde lecture du Temps perdu

A Monsieur Pierre Amiot

Monsieur,

Je ne pensais certes pas que l'entretien que nous eûmes, lors de votre dernière visite, aboutirait à l'exhumation (je n'ose vraiment pas dire à la résurrection) du petit essai qui figure en tête de ce volume. Conçu quand j'avais vingt-deux ans, il avait paru quand j'en avais vingt-quatre et je ne l'avais jamais relu depuis lors. Une trentaine d'années s'étaient écoulées dans l'intervalle. Lorsque je songeais à cet écrit – le premier qui fût sorti de mes mains – c'était avec des sentiments mélangés où entraient un peu de tendresse et beaucoup d'appréhension. Je ne l'estimais pas digne d'affronter de nouveau le public. Après l'avoir lu vous-même, vous m'avez assuré que mes craintes étaient injustifiées. J'ai fini par me rendre aux raisons que vous faisiez valoir avec tant d'amicale persuasion. Je vous livre donc mon essai tel qu'il est, non parce que je le crois bon, mais parce qu'il ne faut jamais rien renier de ce qu'on a fait dans sa jeunesse. Autant briser les barreaux de l'échelle que l'on a empruntée pour parvenir jusqu'à soi. Je n'ai donc apporté que de très légères retouches au texte original. Agir autrement ne m'eût pas paru honnête. Je me suis permis tout au plus d'y préciser par endroits l'expression de ma pensée, d'en raffermir le style et d'en éliminer quelques digressions inutiles dues au fait que je n'étais pas toujours arrivé à délimiter mon sujet. Mais, ceci dit, ces pages ont conservé l'aspect qu'elles avaient lorsque je les écrivis en 1925. Avec, toutefois, cette différence notable : si je les considérais jadis comme une étude sur Proust, j'y vois surtout, aujourd'hui, un témoignage sur moi-même. Et si ce qui y transparaît du jeune homme que je fus déconcerte bien des lecteurs de mes écrits ultérieurs qu'ils se disent qu'ils n'en seront jamais plus déconcertés que moi.

Le fait de reporter mon attention sur *la Musique du Temps perdu* n'a pas seulement représenté pour moi un « Retour à Marcel Proust », mais un retour sur ma propre jeunesse. Dès que j'ai repris contact avec ce que j'avais écrit, une foule de questions sont venues m'assaillir, entremêlées de souvenirs que j'avais oubliés et d'émotions que je n'avais plus ressenties depuis lors. Je voudrais les commenter en quelques mots – sans abuser de votre patience – car je leur trouve plus d'intérêt qu'à mon essai proprement dit.

Sachez, tout d'abord, que vous m'avez obligé à relire, d'une seule traite, les quinze volumes de *la Recherche du Temps perdu,* afin de vérifier mes observations d'antan et de me replonger dans l'atmosphère si particulière de cette œuvre. Son souvenir s'était un peu estompé dans mon esprit. Ou plus exactement : je me souvenais fort bien des personnages de Proust et des scènes principales que l'on rencontre dans son ouvrage; mais j'ignorais quelles résonances ils éveilleraient encore en moi.

Aussi n'est-ce pas sans appréhension que j'abordai cette nouvelle lecture. Si les pages qui avaient enchanté ma vingtième année allaient me paraître tout à coup dénuées d'intérêt ou – ce qui eût été plus navrant encore – tristement insipides et dénuées de saveur? Si j'allais rester indifférent et desséché devant elles, comme Proust lui-même devant la rangée d'arbres éclairée par le soleil couchant qu'il aperçut un jour du train qui le menait en Normandie, et dont il nous dit, dans une page admirable du *Temps retrouvé,* qu'au lieu de ressentir la moindre ivresse devant leur apparition (comme il l'aurait fait autrefois), il s'était borné à constater froidement la ligne qui séparait la partie ensoleillée de leur tronc de celle qui était demeurée dans l'ombre? Ne valait-il pas mieux laisser définitivement fermés *Un amour de Swann,* les *Jeunes Filles en fleurs, La Prisonnière, Albertine disparue,* plutôt que de m'infliger un pareil appauvrissement? N'était-il pas plus sage de laisser Charles Swann, Odette de Crécy, Mme Verdurin, le baron de Charlus, Robert de Saint-Loup et Oriane de Guermantes poursuivre leur colloque dans le royaume des ombres, plutôt que de les voir tomber en poussière en voulant les ramener au jour? En cherchant à les retrouver, ne risquais-je pas de les perdre à jamais et de demeurer les mains vides ou, pis encore, pleines de cendres?

Pourtant, rassurez-vous : ces craintes furent vite dissipées. Quel plaisir intense, vivace, inespéré m'a procuré cette nouvelle lecture de *la Recherche du Temps perdu!*

Avec quelle joie j'ai retrouvé, intacts et frais comme au premier jour, les aubépines de Combray, les clochers de Méséglise, le parler rustique de Françoise, les nymphéas de la Vivonne, la plage de Balbec et la nuit veloutée des rues de Paris, obscurcies par les alertes de la Première Guerre mondiale (on ne parlait pas encore de « black-out » à cette époque). Il m'a suffi de parcourir quelques pages de Proust pour voir renaître tout un monde englouti, mais qui, pendant trente ans, avait poursuivi sa vie souterraine au fond de ma mémoire. J'avais écrit, dans mon essai, que, même si je m'en écartais, même si je l'oubliais, elle n'en ressusciterait pas moins un jour ou l'autre en moi, et je ne m'étais pas trompé. Le sortilège avait opéré d'une façon infaillible. En enfonçant un trépan à travers les stratifications de mon passé, j'avais retrouvé des trésors bien plus appréciables qu'un gisement de pétrole ou un filon d'uranium, puisqu'ils me rapportaient non seulement un monde où les émotions les plus rares alternaient avec quelques-unes des observations les plus profondes qui aient jamais été faites sur les intermittences du cœur, mais encore une partie oubliée de moi-même.

Et cependant, si *Swann* et les *Jeunes Filles en fleurs* remontaient du passé pour me chanter « les refrains oubliés de mon propre bonheur », ils ne les chantaient plus tout à fait sur le même ton qu'autrefois, car ces refrains n'étaient plus perçus par la même personne. L'œuvre avait conservé ses prestiges, mais, moi, j'avais changé. Mon intérêt s'était déplacé, et ce déplacement me donnait la mesure du chemin que j'avais parcouru.

A vingt ans, on ne connaît pas encore grand-chose de la vie. Ce qu'on lui demande avant tout, c'est de vous fournir des motifs d'exaltation. Je n'échappais pas à la règle. Au sortir de l'adolescence, j'éprouvais un besoin furieux d'admirer et de faire partager mes admirations aux autres. (Dieu sait que les motifs d'admiration ne manquaient pas à un jeune homme habitant Paris, entre 1920 et 1925. Proust fut l'un d'eux, et non le moindre.) Ce que je préférais alors, dans *la Recherche du Temps perdu,* c'étaient les passages qui s'enlacent, comme les branches d'un chèvrefeuille, à la sonate ou au septuor de Vinteuil. Les efforts de Swann (et de l'auteur) pour atteindre « l'essence cachée des choses » et pour « commencer une vraie vie », leurs élans vers un monde supérieur auquel seule pouvait nous faire accéder la musique – ce langage antérieur à l'invention du langage parlé et écrit – ce refus de se résigner à l'incommunicabilité des âmes, me semblaient d'autant plus admirables qu'ils répondaient à mes propres aspirations. Depuis quelque temps déjà, mes pensées gravitaient autour des mêmes problèmes. J'en avais consigné les grands traits dans une série d'études (aujourd'hui perdues) consacrées au *Mythe d'Orphée,* à la *Tragédie de Babel,* au *Mystère de la Pentecôte* et, d'une façon générale, aux *Rapports de la Musique et du Langage.* Moi qui éprouvais à cette époque un besoin irrésistible de « coïncider avec tout », je souffrais intensément de la difficulté – pour ne pas dire de l'impossibilité – des êtres à communiquer entre eux. C'était, à mes yeux, une des malédictions de la vie. Moi qui pressentais que tous les efforts que j'entreprendrais plus tard auraient pour objet de rapprocher les humains, de réduire autant que possible l'abîme d'incompréhension qui les séparait les uns des autres et les amenait parfois à s'entre-déchirer, j'avais l'impression de me heurter partout à un barrage infranchissable. Très vite, j'en attribuai la cause non à eux-mêmes, mais à l'insuffisance de leurs moyens d'expression. Les langues dont ils se servaient n'étaient que des moyens partiels et imparfaits, qui n'arrivaient jamais à les exprimer dans leur totalité. Et ce qui n'arrivait pas à s'exprimer, c'est-à-dire à franchir le filtre des mots, me semblait être toujours le meilleur, l'essentiel. De même que les couleurs résultaient d'un phénomène de réfraction, c'est-à-dire d'une fracture de lumière, de même les différents parlers des hommes me paraissaient découler d'une réfraction de l'esprit : ce n'étaient que les fragments éclatés d'un langage unique, universel, antérieur à la création des langues, dont l'existence paraissait attestée par le pouvoir unificateur inhérent à la musique.

J'avais été frappé par cette affirmation de Jacopo Peri, un des fondateurs de l'opéra italien : *« Ce qu'il nous faut créer, à présent, par le moyen de la musique, c'est un langage qui surpasse le parler des hommes d'autant que le parler des hommes surpasse le langage des bêtes. »* J'avais longtemps médité sur le passage de Schlegel : *« Au-delà de l'avalanche des sons, se forme et se dégage une petite phrase simple et limpide qui parle directement aux cœurs attentifs. »* Aussi ne voyais-je pas dans la musique un simple assemblage de sons, mais un moyen de connaissance; un royaume merveilleux dont l'exploration nous permettrait peut-être de redécouvrir le langage absolu et universel antérieur à la multiplication des langues. Composer de la musique ne consistait donc pas, simplement, à exercer un métier, à pratiquer un art : c'était élargir le monde.

Pourquoi la musique était-elle capable d'opérer cette transformation en chacun de nous, et de nous ramener ainsi à notre « patrie commune »? Parce qu'elle détenait le pouvoir de dissoudre les durées individuelles qui dressaient une cloison entre les êtres, les classes, les peuples et les nations pour leur substituer un « temps » unique, au sein duquel toutes les communions devenaient possibles. Un oratorio de Bach ou une symphonie de Mozart exerçaient la même emprise au XVIIIe siècle sur un auditoire de princes ou au XXe, sur un public de travailleurs; ils suscitaient le même enthousiasme à New York qu'à Londres, à Vienne, à Rome, à Léningrad qu'à Paris. « Venue du cœur, qu'elle aille aux cœurs », avait écrit Beethoven en tête de sa Messe solennelle. Et c'était bien ainsi que les choses se passaient. Parce qu'elle renversait toutes les barrières qui séparaient les hommes et transcendait toutes les catégories de l'espace et du temps, la musique était plus qu'un art : un moyen de communication total et exhaustif.

Et voilà que, dès ma première lecture de *Swann,* je découvrais que l'auteur avait entrevu la même vérité, qu'il était animé des mêmes préoccupations. A cette différence près, qu'étant doté d'un pouvoir d'introspection autrement puissant que le mien, il projetait un faisceau de lumière sur la zone remplie d'ombres où je me débattais encore. D'où l'impression que certaines de ses analyses venaient à ma rencontre, pour me tendre la main.

Faut-il s'étonner, dès lors, que je voulusse les dégager de la masse foisonnante de l'œuvre pour mieux en souligner l'importance, si je les identifiais au petit fragment d'or pur, situé à la pointe extrême d'une cathédrale

« que l'édifice entier hausse éperdument à la rencontre du ciel »? Tout ce qui avait trait dans *la Recherche du Temps perdu* à l'essence de la musique ou à l'artiste « délirant à l'unisson de sa patrie perdue » me paraissait sublime. Et comme j'avais vingt ans, je pensais volontiers que seul le sublime méritait d'être retenu. C'était ridicule, j'en conviens; mais c'était, qu'on le veuille ou non, une manière d'échapper au cloisonnement du monde. Que celui qui n'a jamais ressenti aucun désir de cet ordre me jette la première pierre. Je la ramasserai en souriant.

Mais, aujourd'hui, ce qui me touche le plus dans l'œuvre de Marcel Proust, ce ne sont plus les possibilités qu'elle nous offre de s'évader de la vie : c'est la prodigieuse description de la vie qu'elle déroule sous nos yeux. Ainsi, les pages d'une beauté moins évidente que celles auxquelles j'avais accordé d'emblée ma prédilection se sont remplies peu à peu d'une richesse et d'une signification que je ne leur avais pas soupçonnées. Cette multitude de touches, dont l'ensemble constitue l'analyse la plus poussée qui ait jamais été tentée des intermittences du cœur, me paraissent aujourd'hui plus réelles et plus denses que les évocations les plus ferventes de la « petite phrase » de Vinteuil. Il y a là des notations psychologiques dont l'exactitude minutieuse m'a arraché des cris d'admiration (ce qui prouve que, si mon admiration a changé d'objet, mon pouvoir d'admirer est resté intact).

Et puis – seconde révélation de cette nouvelle lecture – j'ai découvert en Proust un auteur satirique d'une vigueur exceptionnelle. Léon Pierre-Quint m'avait bien signalé en son temps cet aspect de son génie, mais je n'y avais pas pris suffisamment garde. La jeunesse se complaît volontiers dans les sentiments nobles, empreints de gravité, et cherche à les retrouver dans les œuvres qu'elle admire (aussi avais-je été vaguement scandalisé par cette affirmation, comme si l'on avait voulu me persuader qu'il y avait des scènes d'opéra-bouffe dans *Parsifal*). Et pourtant c'est vrai! Quelle férocité cinglante se dissimule derrière l'apparente gentillesse du « cher Marcel »! Quels coups de griffe il a distribués, sans en avoir l'air, à ses contemporains! Quel plaisir il a pris à souligner leurs tares, leurs mesquineries et leurs ridicules! Comique de situations, comique de mœurs, comique de caractères, toutes les formes de comique se rejoignent dans certains chapitres de son œuvre où s'exprime, masqué sous un sourire enveloppant, un mépris souverain du « monde » où il a vécu. Que l'on songe à Mme Verdurin s'apprêtant à écouter le septuor de Vinteuil en tenant son front bombé entre ses mains veinées de mauve avec un air de dire : « Vous pouvez y aller! Je sais que cela va me déchirer les nerfs. Mais soyez tranquilles : je ne flancherai pas avant la fin! » ou à M. de Norpois s'inclinant très bas devant une personne qui vient de lui être présentée, « mais se relevant très vite pour marquer qu'il ne lui attribuait aucune importance sociale ». Autant de traits (et il en a mille autres) dont on chercherait en vain l'équivalent chez nos meilleurs auteurs, car ils ne s'apparentent ni à la causticité de *Candide,* ni à l'insolence désinvolte du *Mariage de Figaro,* ni à l'amertume désabusée du *Tartuffe* et du *Misanthrope.* Ils évoquent plutôt certaines toiles de Goya où le peintre n'a retenu, parmi les traits de ses modèles, que ceux qui nous révèlent le mieux leur effarante nullité. (Je pense, en particulier, au portrait de Charles IV de Bourbon et de sa famille, que l'on voit au Musée du Prado.)

Est-ce à dire que ce retour à Proust ne m'ait apporté que des motifs d'admiration? Assurément non. Car je n'ai pu m'empêcher de trouver à l'univers qu'il nous a décrit en l'exhumant de sa mémoire une vague odeur de renfermé, semblable à celle qui régnait à Combray dans la chambre à coucher de sa tante Léonie, qui était un mélange de vieille cretonne poussiéreuse et de gelée de coing. D'où cela provenait-il? De la pièce exiguë et jamais aérée où il s'était confiné pour rédiger son œuvre? De la maladie qui ne lui permettait plus de voir les pommiers en fleur qu'à travers les vitres hermétiquement closes de sa voiture? Ce ne devrait pas être cela, puisque certains paysages continuent à être admirablement rendus. A force d'analyser mon impression, comme on poursuit une odeur insaisissable mais tenace, je finis par en découvrir la cause.

Je remarquai, en effet, que la société que Proust s'est plu à évoquer est faite exclusivement d'individus en proie au vieillissement et à la mort. Leur lente dégradation n'est compensée par aucun apport de vie nouvelle, par aucune naissance. D'un bout à l'autre de *la Recherche du Temps perdu* — qui s'étend cependant sur trente années de vie française — il ne naît rigoureusement personne; aucune voix d'enfant ne monte de son berceau pour compenser la lente agonie des vieillards. On pourrait appliquer au *Temps Perdu* ce que Louis XIV disait de Versailles à la fin de son règne : « Cela manque un peu trop de jeunesse ici » (Saint-Simon). Nous y errons dans un monde stérile, qui ne débouche sur aucun avenir. Proust n'a vraiment vu qu'un seul aspect du Temps : celui qui s'enfonce toujours plus profondément dans le passé. Il n'en a pas senti l'autre face, qui est croissance, invention, aurore perpétuelle, cette face à laquelle faisait allusion saint Augustin, lorsqu'il disait que Dieu recréait l'univers à nouveau chaque matin. Proust a vécu exclusivement dans le monde des souvenirs. Et sans doute pouvait-il lui faire subir une véritable résurrection. Mais il ne pouvait pas lui conférer ce que la vie comporte de jaillissement, à ce que j'appellerai « l'immense première fois ».

On ne peut l'entendre parler sans tristesse de « son cœur refroidi », de « sa vie desséchée », ni formuler l'espoir « que les hommes pourront peut-être lui inspirer ce que ne lui dit plus la nature ». C'est ainsi – selon son propre aveu – que l'amour lui paraît bien moins fort au moment où il le ressent que lorsque l'absence de l'être aimé le lui restitue sous forme de jalousie. Ne nous a-t-il pas confié lui-même que « les fleurs fraîches qu'on lui apportait lui semblaient moins réelles que celles qu'il faisait éclore dans sa mémoire »? Submergé par ses dons incomparables de rétrospection, il lui a manqué de se sentir soulevé par la houle de l'avenir, venant inlassablement s'intégrer au présent. Il n'a pas su – suivant la belle formule d'un biologiste – que « la vie avance sans cesse à travers les chemins que lui fraye la mort ». Aucune génération nouvelle ne vient assurer la relève de celle qui disparaît progressivement sous nos yeux, si bien qu'une fois morts tous les personnages du *Temps perdu,* la France serait dépeuplée. Proust pressentait-il que la société à laquelle il appartenait était aussi rapidement condamnée à disparaître?

On est frappé également de voir combien sont étroites les préoccupations qu'il a attribuées à la plupart de ses personnages. Se peut-il qu'il n'y ait eu rien d'autre dans leur vie que des problèmes de généalogie ou de rang social? Tout se ramenait-il vraiment pour eux à des questions d'alliances et de mésalliances, de préséance et d'étiquette? Ne craignons pas de le dire : Proust s'est montré souvent injuste envers les milieux qu'il a dépeints. L'aristocratie française de la « belle époque » n'était pas uniquement animée de préjugés anachroniques ou d'ambitions dérisoires. Parmi les « fils de famille » qui servaient dans l'Armée comme Saint-Loup à Doncières, combien sont morts dans les tranchées après avoir versé leur sang à Verdun et au Chemin des Dames? Combien ont survécu à l'affreuse hécatombe?

Malgré sa frivolité, que la guerre de 1914-1918 lui a fait durement payer, cette société avait, malgré tout, quelques vertus éminentes dont on ne peut pas dire que la disparition ait beaucoup embelli nos existences : le sens de l'honneur, le respect de la parole donnée, la politesse, la bravoure et l'élégance. Sans doute la bravoure subsiste-t-elle encore. Mais elle a perdu sa fleur, qui était la modestie.

Je vous ai dit plus haut, Monsieur, que l'exhumation de mon essai avait eu pour effet de m'assaillir de problèmes. En voici quelques-uns. Mais ceux qui avaient trait à Proust étaient bien plus faciles à résoudre que ceux qui provenaient de moi-même. Je n'avais pas relu mon travail depuis de longues années, et le seul fait de penser à lui me causait une sorte de malaise. Celui-ci s'accrut encore lorsque je le repris en main. La pensée m'en parut faible et vacillante, le style à la fois flou et guindé. Des digressions superflues me rappelaient combien il m'était difficile, à cette époque, de conserver longtemps un même objet dans le champ de mon attention. Bref, je me croyais riche et n'étais qu'encombré.

« Nul n'est vraiment juge de ce qu'il a écrit lui-même », me disiez-vous avec insistance. Et vous aviez raison. Car rien n'est plus déconcertant, pour un écrivain, que de revenir sur ce qu'il a écrit autrefois. L'œuvre d'un étranger le déconcerterait moins. Proust a dit que, pour avoir une vue plus exacte du monde, il faudrait « pouvoir le voir avec les yeux d'un autre ». A supposer qu'un jour la science réalisât ce miracle, il ne me servirait de rien. Car, pour retrouver ce que j'avais écrit dans sa perspective originelle, il me faudrait le voir non point avec les yeux d'un autre, mais avec mes propres yeux de vingt ans. Et non seulement avec mes yeux, mais avec mon cœur de cette époque. Et ceux-là, aucun miracle ne pourrait me les rendre, puisque le temps écoulé les a emportés à jamais.

Ce qui m'agaçait encore plus, c'était la faiblesse qui présidait à l'enchaînement de mes pensées et que j'avais cherché à pallier en les dissimulant derrière un excès de lyrisme. On ne s'aime pas toujours, lorsqu'on se reconnaît; mais Dieu! que l'on peut se déplaire lorsqu'on ne se reconnaît plus!

Je tentai de m'en consoler en lisant et en relisant

cette phrase du *Temps retrouvé :* « Quant aux vérités que l'intelligence cueille à claire-voie, devant elle, en pleine lumière, leur valeur peut être très grande; mais elles ont des contours plus secs et sont planes, n'ont pas de profondeur à franchir pour les atteindre, parce qu'elles n'ont pas été recréées. Souvent, des écrivains au fond de qui n'apparaissent plus les vérités mystérieuses (qu'ils ressentaient autrefois) n'écrivent plus, à partir d'un certain âge, qu'avec leur intelligence, qui a pris plus de vigueur; les livres de leur âge mûr ont, à cause de cela, plus de force que ceux de leur jeunesse, mais ils n'ont plus le même velours. » (Et il est certain qu'en fait de « velours » on en chercherait vainement dans mes écrits ultérieurs.)

Mais cette consolation ne parvenait pas à me cacher la cause réelle de mon mécontentement. Plus je cherchais à y voir clair, et plus s'épaississait l'énigme qui se posait à moi. Quel rapport y a-t-il, me demandais-je, entre mes préoccupations d'aujourd'hui, entre *la Musique du Temps perdu* et les *Soixante Jours qui ébranlèrent l'Occident?* Se peut-il que je sois l'auteur de l'un et de l'autre? Il faut pourtant qu'il y ait un lien entre ces deux ouvrages, mais lequel? Je leur trouvais si peu de traits communs qu'ils me paraissent appartenir moins à deux époques d'une même vie qu'à deux vies différentes, n'ayant aucun rapport entre elles. « Je » peut-il être « un autre », comme l'assure Rimbaud? Et que devient, dans tout cela, le principe d'identité? Peut-être, me retournant sur moi-même à la fin de ma vie, percevrai-je enfin l'unité de mon existence? Quant à la saisir dès à présent, j'avoue que je n'y parviens pas...

Heureux ceux dont les dernières œuvres ressemblent

aux premières, car ils n'ont pas eu beaucoup de distance à parcourir pour retrouver leur « patrie perdue ». Pour ma part, constamment poussé en avant par une force dont la nature m'échappe, j'ai l'impression que plusieurs vies me séparent de ma jeunesse. C'est la malédiction (ou le privilège) des époques troublées, de distendre à l'extrême votre espace mental. Tout change si rapidement autour de vous que cela donne le vertige et que l'on est immédiatement distancé par les événements, si l'on s'arrête un instant, ne fût-ce que pour reprendre haleine. Il y a si loin de la *Musique du Temps retrouvé* à l'*Histoire de l'Armée allemande* et de l'*Histoire de l'Armée allemande* à *Un Printemps arabe*. Que de choses j'ai vécues dans l'intervalle de ces écrits! J'ai pris part à la guerre. J'ai été enfermé derrière des barbelés. J'ai été ambassadeur en Orient, ministre de l'État français. J'ai été incarcéré, jugé et condamné à mort. J'ai vécu cet étonnant roman à clés qu'est la vie de prison. Rien de tout cela ne correspond au lent et calme mûrissement d'une pensée continue, identique à elle-même. Le plus difficile, pour moi, n'a pas été d'écrire de nouveaux livres, mais plutôt de ne pas me laisser écarteler par eux...

Et pourtant, à travers toutes ces ruptures, toutes ces vicissitudes, le souvenir de Proust m'a accompagné tout au long de ma route. Il remontait à la surface, sans que je l'eusse appelé. Que de fois, voyant entrer quelque vieil ambassadeur dans mon bureau de l'Hôtel Matignon, ne me suis-je pas pris à murmurer malgré moi : « Tiens, voilà M. de Norpois qui vient me rendre visite. Comme c'est gentil de sa part! » Et le jour où un camarade est venu m'apporter une brassée d'aubépines dans ma cellule de Clairvaux, j'ai su immédiatement, à l'intensité de ma joie, que ce que ressuscitaient pour moi ces milliers de corolles diaphanes, ce n'était pas seulement le souvenir de mon adolescence tourangelle, mais la blancheur immaculée des aubépines de Combray.

Moi aussi, je pourrais répéter – en changeant simplement les noms – la litanie funèbre qui clôt *le Temps retrouvé :* « Souvenez-vous! Romain Rolland, mort! Paul Claudel, mort! Paul Valéry, mort! André Gide, mort! Drieu La Rochelle, mort! Alexis Carrel, mort! Saint-John Perse, Charles Maurras, Brasillach, Louis-Ferdinand Céline, James Joyce, D.H. Lawrence, Paul Morand, Jacques Chardonne, morts!... » Sans parler des hommes politiques. Ceux-là sont si nombreux qu'ils suffiraient à eux seuls à peupler un cimetière. Mais outre que, contrairement à M. de Charlus, je ne tire aucune satisfaction du fait de leur avoir survécu, loin de me pousser à m'enfermer dans l'époque où je les ai connus, leur souvenir m'incite à me tourner vers l'avenir et à le scruter avec une curiosité chaque jour grandissante – ce futur vers lequel s'élancent déjà de nouvelles générations, assoiffées de nouveauté et les yeux écarquillés par la fureur de vivre...

Que le monde a changé, depuis l'époque où Odette de Crécy faisait sa promenade matinale en coupé dans l'allée des Acacias et où Swann ouvrait les bals chez le prince de Guermantes! Certaines périodes de l'Histoire semblent se prolonger les unes les autres, mais celle qu'a connue Proust, bien qu'encore assez proche de nous pour que nous puissions y insérer certaines scènes de notre enfance, paraît séparée de celle où nous vivons aujourd'hui par un fossé infranchissable.

Déjà de son vivant, l'auteur du *Temps perdu* avait été le témoin de bien des transformations. Il avait vu disparaître, avec les années, une foule de choses auxquelles étaient restés attachés certains de ses souvenirs les plus chers. La grande tour de Coucy, jusqu'à la plate-forme supérieure de laquelle il était monté, appuyé au bras de Bertrand de Fénelon qui lui chantait à mi-voix *l'Enchantement du Vendredi Saint,* avait été démolie par les mines allemandes. Le chemin creux bordé d'églantiers qui menait à Méséglise avait disparu, lui aussi, labouré par les obus. « Vous n'avez pas idée de ce qu'est cette guerre », avait écrit Gilberte au narrateur du *Temps perdu,* « et de l'importance qu'y prend une route, un pont, une hauteur. Que de fois j'ai pensé à vous, aux promenades que nous faisions ensemble dans tout ce pays aujourd'hui ravagé, alors que d'immenses combats se livrent pour la possession de tel chemin, de tel coteau que vous aimiez, où nous sommes allés si souvent ensemble... La bataille de Méséglise a duré près de huit mois; les Allemands y ont perdu plus de cent mille hommes, ils ont détruit Méséglise, mais il ne l'ont pas pris. Le petit chemin que vous aimiez tant, que nous appelions le raidillon aux aubépines, je ne peux vous dire toute l'importance qu'il a acquise. L'immense champ de blé auquel il aboutit, c'est la fameuse cote 307 dont vous avez dû voir le nom revenir si souvent dans les communiqués. Les Français ont fait sauter le petit pont sur la Vivonne qui, disiez-vous, ne vous rappelait pas votre enfance autant que vous l'auriez voulu; les Allemands en ont jeté d'autres; pendant un an et demi, ils ont eu une moitié de Combray et les Français l'autre moitié. » Quoi d'étonnant, dans ces conditions, que le vitrail représentant Gilbert le Mauvais, l'ancêtre des Guermantes, ait volé en éclats, ni qu'ait été pulvérisée la statue de saint Firmin qui ornait le porche de l'église, et dont le bras levé vers le ciel était « la plus haute affirmation de la foi et de l'énergie »? Parfois, se promenant dans Paris durant les nuits d'alerte, Proust, voyant les incendies qui rougeoyaient à l'horizon, pensait qu'il assistait aux derniers jours d'une civilisation moribonde et que la ville, condamnée par quelque arrêt divin, allait périr sous un déluge de feu, comme une nouvelle Sodome.

Mais, depuis la mort de Proust, les destructions se sont succédé à une cadence encore plus rapide. La guerre de 1939-1945 a ajouté d'irréparables dégâts aux pertes déjà infligées par le conflit précédent. Que reste-t-il, aujourd'hui, du Paris que Proust a connu? Bien des pierres sans doute. Mais il n'entendrait plus la psalmodie joyeuse des petits métiers ambulants, la chanson du vitrier, la trompette du raccommodeur de porcelaine, la mélopée nostalgique du marchand d'escargots qui lui semblaient, en plein XXe siècle, « une survivance de la France liturgique et populaire du Moyen Âge ». Tout cela a disparu, submergé par un grondement continu de moteurs.

Les mœurs, elles aussi, ont changé du tout au tout. Jadis, on s'efforçait de s'évader par les combles; aujourd'hui, on trouve plus commode de s'évader par les égouts. L'élan vers les sommets a cédé la place à l'attirance des profondeurs. La gare du quai d'Orsay a été désaffectée et les lustres des derniers salons du faubourg Saint-Germain venaient à peine de s'éteindre que s'allumaient les premières chandelles dans les caves de Saint-Germain-des-Prés.

Vue du seuil de l'ère atomique où nous nous enfonçons de plus en plus, au cœur de notre époque pressée qui ne sait plus jouir de rien et qui n'aura bientôt que des souvenirs tragiques à ressusciter, l'œuvre de Proust apparaît comme ces tableaux de maîtres demeurés suspendus au milieu d'un pan de mur calciné, et miraculeusement épargnés par les bombes au milieu des cités en ruine. Elle prend un caractère précieux, lointain, intemporel. On ne peut que s'enrichir en retournant à elle. Et ce retour à Proust, que vous m'avez invité à faire, je voudrais que beaucoup d'autres le fassent avec moi. Ils trouveront à son œuvre une profondeur inattendue, à cause des abîmes qu'il nous faut franchir pour la retrouver.

II

Visite à Ernst Robert Curtius

Vous m'avez demandé, Monsieur, comment j'avais été amené à faire la connaissance de Marcel Proust. Notre rencontre a été due, comme vous allez le voir, à un concours de circonstances assez singulier.

C'était au printemps de 1922. Je faisais mon service militaire à l'armée du Rhin. Mes travaux à la Commission Interalliée des Chemins de Fer de Campagne, où j'étais affecté, me laissant quelques loisirs, j'en profitai pour apprendre à mieux connaître ce pays où m'avaient envoyé les hasards d'un bureau de recrutement et les dispositions du traité de Versailles. Je m'étonnai bien vite de découvrir une Allemagne très différente de celle que m'avait dépeinte la propagande de guerre. Ce n'était d'ailleurs pas la première fois qu'un membre de ma famille venait en Rhénanie. Sous Napoléon Ier, mon arrière-grand-père Alexandre Méchin avait joué un rôle important dans les destinées de ce pays, puisque, nommé préfet de la Roer, et siégeant à Aix-la-Chapelle, il avait été chargé par l'Empereur d'assurer l'administration de ces territoires, en remplacement de Jean Bon Saint-André. Gardien symbolique du tombeau de Charlemagne, il s'était efforcé de gagner le cœur des populations rhénanes et, pouvant constater sur place combien il y avait réussi – car des descendants de ses administrés m'en apportaient quotidiennement la preuve – je crus ne pouvoir faire mieux, à ma place beaucoup plus modeste, que de conformer mon attitude à la sienne. Aussi, loin de me sentir en pays ennemi, avais-je l'impression de me trouver au cœur de l'Occident, et me demandais-je ce qui avait pu dresser si furieusement l'une contre l'autre les deux moitiés de ce qui avait été un des plus beaux empires du monde. Tel Hippolyte de Seytres sous les remparts de Prague, cherchant à suivre « un instinct supérieur aux chimères qui tiennent le monde enchanté », je ne me contentais pas des explications tendancieuses que me fournissaient les journaux, ni des cris de haine dont étaient hérissés les discours des politiciens. Tout m'incitait à penser que la vérité était autre. Que d'heures j'ai passées ainsi à rêver au crépuscule, parmi les vergers en fleurs qui bordent le fleuve, ou dans les jardins silencieux des cathédrales impériales – Worms, Spire ou Mayence – dont les silhouettes majestueuses se découpaient sur un ciel couleur d'améthyste !

Mais le présent m'attirait plus encore que le passé. Les débats passionnés qui s'instauraient autour du charbon et de l'acier, les lueurs des hauts fourneaux qui ensanglantaient l'horizon, les longs trains de péniches qui remontaient le fleuve me posaient des problèmes plus aigus et plus actuels. Ils me firent comprendre, dès ma vingtième année, que le rôle de ma génération consisterait à liquider cet antagonisme meurtrier, dont la prolongation ne pouvait aboutir qu'à notre dévastation mutuelle.

Je m'efforçais donc de découvrir tout ce qui pouvait contribuer à créer un lien d'amitié entre les deux pays, et c'est ainsi qu'un livre admirable tomba un jour entre mes mains. Dû à la plume d'un professeur de lettres romanes de l'université de Marbourg, que je ne connaissais pas, il était constitué par une série d'études consacrées à Gide, à Romain Rolland, à Claudel, à Suarès et à Péguy et s'intitulait *Les Pionniers littéraires de la France nouvelle.* Son auteur était Ernst Robert Curtius (celui-là même qui devait écrire, quelques années plus tard, l'*Essai sur la France* que je devais présenter au public français). Surpris de ne pas y voir figurer le nom de Proust, je pensai que l'auteur ne le connaissait pas encore et résolus de l'aller voir, pour attirer son attention sur les beautés que contenait *la Recherche du Temps perdu.* J'échangeai donc mon uniforme bleu horizon contre un complet civil, traversai clandestinement la ligne de démarcation pour me rendre en Allemagne non occupée – ce qui pouvait me valoir trois mois à un an de prison, ce dont je n'avais cure –, franchis le Rhin et débarquai, un dimanche matin, dans la petite ville universitaire de Marbourg. Là, je louai une chambre à l'*Europäischer Hof* – l'hôtel de l'Europe, dont le nom à lui seul me parut d'heureux augure – et téléphonai à Curtius pour lui demander de bien vouloir me recevoir le jour même. Quelques instants plus tard il m'accueillait dans le logement qu'il occupait dans une aile de l'université.

Je me présentai à lui, le remerciai de me recevoir si vite et lui exposai d'emblée le but de ma visite.

– « Ah, Proust! » me dit-il. « Quel prodigieux écrivain! J'ai lu tous les volumes de son œuvre qui ont paru jusqu'ici et j'attends les suivants avec la plus grande impatience. Je lui ai consacré une étude – bien trop brève à mon gré – dans le *Neue Merkur,* une revue littéraire de Berlin, et voyez la lettre admirable qu'il vient de m'adresser il y a à peine quelques jours! »

Il alla la chercher dans son bureau et me la tendit. Je la reproduis intégralement ici, car tous les papiers de Curtius ayant été détruits à la fin de la Seconde Guerre mondiale, il est possible qu'elle soit encore inédite à ce jour :

(Sans date.)

« Monsieur,

« Je suis actuellement dans une période si grave de ma maladie qu'il faut que je ressente bien profondément l'honneur que vous m'avez fait pour vous répondre moi-même, les rares lettres que j'ai la force d'envoyer sont dictées à la machine. Aussi vous me permettrez pour aujourd'hui et en raison de mon état de fièvre et de souffrance de vous remercier simplement de tout cœur.

« En voyant la magnifique connaissance que vous avez des lettres françaises et la façon si ingénieuse dont vous me citez en français, j'aurais voulu vous répondre en allemand.

« Hélas, j'ai craint une trop grande disproportion entre votre français et mon allemand. J'ai une grande admiration pour la ~~musique~~ littérature et la philosophie allemandes mais votre langue ne m'est pas si familière (bien que je la mette à côté du grec parmi les langues les plus riches). J'allais ajouter la musique (c'est le mot que j'ai barré, non la chose!) là où l'Allemagne est en effet insurpassable.

« Et en quittant votre étude je me tourne vers le XVe *quatuor*

de Beethoven, avec un espoir – bien incertain – de convalescence.

« Veuillez agréer mon admirative reconnaissance. »

« Marcel PROUST »

La lecture de ces lignes m'avait vivement ému.

– « Comment se fait-il », demandai-je à Curtius, « que le nom de Proust, que vous admirez tant, ne figure pas dans le livre que vous avez consacré aux maîtres de la littérature française contemporaine? »

– « Je n'ai voulu parler », me répondit-il, « que de ceux auxquels le public allemand pouvait avoir directement accès. Romain Rolland, Gide, Claudel sont traduits dans notre langue. Proust, hélas, ne l'est pas... »

– « Mais ne pensez-vous pas qu'il conviendrait de le faire? Son œuvre trouverait sûrement une large audience dans votre pays. »

– « C'est un problème délicat », me répondit Curtius en rangeant sa lettre. « Le public allemand est très éloigné des *Jeunes Filles en fleurs* et il a d'autres soucis, en ce moment, que de faire la connaissance de la duchesse de Guermantes. Le style si personnel de Proust risque de le déconcerter. Je crains que le meilleur de son œuvre ne passe au-dessus de sa tête. La lecture du *Temps perdu* est... comprenez-moi... un luxe de vainqueur. Il faudrait, en tout cas, une traduction très soignée. Je n'ai, malheureusement, pas le temps de la faire moi-même. Mais je la superviserais volontiers si le besoin s'en faisait sentir. Seulement... »

Ici, Curtius marqua un temps d'arrêt.

– « ...seulement, il me faudrait auparavant l'autorisation de l'auteur. Comment la lui demander? La guerre est encore proche et je suis allemand. Je ne voudrais pas m'exposer à un refus humiliant. »

– « Et si je la lui demandais moi-même? » suggérai-je. « Je suis français. Un refus de sa part ne m'humilierait nullement. D'après tout ce que je sais de lui, il fait preuve, en toutes circonstances, d'une rare délicatesse de sentiments. La lettre qu'il vous a adressée n'en est-elle pas la preuve? »

Curtius resta un moment silencieux.

– « Ce serait peut-être un moyen... Présenter un auteur de cette classe à un public étranger est un très grand honneur... mais un échec serait impardonnable. Il faudrait commencer, à mon avis, par quelques extraits de son œuvre, judicieusement choisis... »

– « Lesquels? »

– « Il me semble que ceux qui ont trait à la musique – vous savez : la petite phrase de la sonate de Vinteuil – seraient de nature à plaire le mieux à un public non encore initié... »

Comme c'étaient justement les passages que je préférais à cette époque, ce choix me parut excellent. Je le dis à Curtius, ajoutant que j'allais me mettre directement en rapport avec Proust, pour obtenir de lui l'autorisation de les traduire.

Mais il m'arrêta d'un geste.

– « Il y aura encore une difficulté à surmonter : les droits de traduction. Avec notre inflation galopante – hier encore l'affranchissement d'une lettre pour l'étranger coûtait près d'un demi-million de marks et cela augmente de jour en jour – nous ne trouverons jamais les fonds nécessaires et d'ailleurs ils seront volatilisés avant d'arriver à Paris... »

– « Je ne pense pas que l'auteur du *Temps perdu* s'arrête à un argument de cet ordre... »

– « Eh bien, essayez », me dit Curtius pour conclure. « Nul ne sera plus heureux que moi si vous réussissez. »

De retour à Mayence, j'écrivis aussitôt à Proust pour lui soumettre ma requête. Je pensais, à vrai dire, qu'il ne me répondrait pas. Mais je me trompais. Au bout de quelques jours, le vaguemestre me remit une lettre dont l'enveloppe portait dans un coin la mention suivante : *« En cas d'erreur d'adresse, prière de renvoyer à Marcel Proust, Nouvelle Revue Française, 3 rue de Grenelle, Paris. »* Je la décachetai, le cœur battant, et lus ce qui suit :

[*S.d. Timbre de la poste : 17 mai 1922*]

« Monsieur,

« Je vous remercie de votre lettre, des choses amusantes et gentilles que vous m'y dites. Je vous remercie un peu tardivement, car je suis en ce moment très malade et, de plus, je viens d'avoir un accident qui, sans se rattacher à ma santé, me rend tout impossible. J'ai cependant écrit à Gallimard afin que vous ou vos amis (je n'ai pas votre lettre sous les yeux, de sorte que je ne sais pas au juste qui publierait ou traduirait les morceaux) n'ayez aucun droit à payer ni à lui ni à moi. J'ai été stupéfait de réussir dans cette petite négociation sans importance. Il (Gallimard) vous libère donc de tout droit et demande seulement qu'on imprime que l'éditeur est la Nouvelle Revue Française. Il demande aussi trois exemplaires (je suppose pour se rendre compte si cela a été fait).

« Je me souviens d'avoir vu jadis Madame votre Mère. Je

ne la connaissais pas, mais me la rappelle très bien. Elle était superbe et très grande. Est-ce que vous lui ressemblez? Comme je ne vous verrai probablement jamais, si vous pouviez me faire envoyer par la poste une photo de vous, je vous la renverrais aussitôt. Mais (vous avez dû voir cela par les considérations sur la ressemblance de Gilberte Swann avec son père et avec sa mère dans les Jeunes Filles en fleurs) je suis toujours très intéressé par les réincarnations d'un type admiré, dans un autre sexe.

« Toute ma reconnaissance encore d'avoir bien voulu être pour moi un lecteur si bienveillant et si compréhensif. »

« Marcel PROUST. »

« Si vous avez quelque chose d'autre à me demander, les deux adresses les plus pratiques, bien qu'assez biscornues sont : La Nouvelle Revue Française, 3, rue de Grenelle, ou Aux bons soins de M. Olivier Dabescat, Hôtel Ritz. L'adresse Ritz est pour vous seul, et non à communiquer, car je tiens beaucoup à mon isolement.

P.S. Il me semble que vous me demandez les morceaux les mieux (les moins mal). Mais vous êtes si intelligent (preuve votre lettre) que le mieux ce sera... ceux que vous préférerez. Et rien si vous voulez. Je suis aussi peu homme de lettres que possible et jette généralement toutes les lettres au panier. Ne vous croyez nullement engagé si vous avez changé d'avis. »

Je laisse à penser quels pouvaient être les sentiments d'un jeune homme de vingt-deux ans recevant une pareille lettre d'un auteur pour lequel il éprouvait une sorte de vénération. J'étais comblé. L'exaltation ressentie par Proust lui-même, lorsqu'il reçut son premier billet de Bergotte, me paraissait peu de chose auprès de la mienne. J'avais beau me dire que la politesse tenait la plus grande place dans les compliments qu'il m'adressait; j'avais beau penser que l'hôtel Ritz était connu de tout Paris et qu'il était curieux d'avoir choisi cet endroit pour y vivre en solitaire (j'ignorais encore à cette époque que Proust habitait 44, rue Hamelin et ne venait au Ritz que de temps en temps pour y recevoir quelques amis), ces lignes n'en avaient pas moins, à mes yeux, une valeur inestimable, parce qu'elles ne se bornaient pas à satisfaire mes désirs; elles manifestaient un intérêt inattendu pour ma personne.

Mais elles me mettaient aussi dans un grand embarras. Car « la femme superbe et très grande » à laquelle faisait allusion Proust n'était pas ma mère, mais Véra de Salza, la première femme de mon père. Il l'avait épousée à Saint-Pétersbourg vers 1885, au terme d'un long voyage à travers l'Asie, mais avait été amené à se séparer d'elle quelques années plus tard, en raison de ses extravagances et de son tempérament volcanique, pour épouser ma mère, une Bordelaise très belle aussi, mais de caractère plus calme et d'extraction plus modeste (Véra, née en Courlande, était la descendante de Hermann von Salza, le fondateur des Chevaliers Teutoniques et le Grand Chancelier de Frédéric II de Hohenstaufen). Je n'avais donc aucun lien de parenté avec elle et ne l'avais même pas connue.

Que faire? Si, d'entrée de jeu, je révélais à Proust que je n'étais pas le fils de Véra, ne risquais-je pas de perdre tout intérêt à ses yeux? Peut-être ne répondrait-il plus à mes lettres, ce qui compromettrait mon projet avec Curtius?

Si je ne lui disais rien, en revanche, je me rendais coupable sinon d'un abus de confiance, d'une indélicatesse. Pourtant, j'avouerai que je trouvais un certain piquant à ce malentendu. Je décidai donc de lui envoyer ma photo, mais sans y joindre le moindre commentaire pour voir comment il réagirait. C'était un instantané pris par un camarade de régiment au cours d'une manœuvre au bord du Rhin. Je portai l'enveloppe au vaguemestre et attendis sa réaction.

Huit jours plus tard, je reçus une seconde lettre de Proust. Il m'y remerciait de ma photographie et me demandait la permission de la conserver *« car »*, ajoutait-il, *« elle a fait revivre en moi le souvenir de Madame votre Mère, à laquelle vous ressemblez si étonnamment »*.

« Voilà bien les littérateurs! » me dis-je. « Ils écrivent n'importe quoi pourvu que cela s'accorde à leurs théories romanesques. » J'étais amusé, j'en conviens, de le voir s'enferrer ainsi. Mais d'avoir triomphé à si bon compte d'un homme dont la bonne foi était si évidente, me remplit de confusion et, finalement, de honte. Comment avais-je pu agir avec tant de légèreté? Pris de remords, je décidai de tout lui avouer et attendis sa réponse avec l'inquiétude que l'on imagine.

Cinq jours plus tard, je reçus une troisième lettre de l'auteur d'un *Amour de Swann*.

« Ne vous excusez pas », m'y disait-il, *« c'est moi qui suis fautif. J'aurais dû mieux m'informer avant de vous écrire. Mais, telles quelles, les choses sont infiniment plus intéressantes que vous ne pouvez l'imaginer, car votre photographie m'a confirmé le bien-fondé de mes conceptions de l'amour. Ne vous étonnez donc pas si je lui attache une grande importance. Je*

pense, en effet, que les hommes n'aiment pas telle ou telle femme isolée, mais un certain type de femme dont ils ne s'écartent jamais. Si, par suite d'un deuil ou d'une séparation, ils perdent la femme qu'ils aiment, ils courent après son type, qu'ils poursuivent obstinément, quoique souvent à leur insu. Si votre père a épousé en secondes noces Madame votre Mère, c'est qu'elle incarnait ce type spécial qu'il aimait plus que tout. Elle devait ressembler, par quelque côté, à sa première épouse. Il n'est donc pas étonnant que je retrouve sur votre image quelques traits d'une femme qui n'était pas votre mère et que vous n'avez sans doute jamais vue. A travers elle, un reflet du type de femme qu'aimait votre père est venu se poser sur votre visage, créant en quelque sorte une ressemblance au second degré. Cela confirme tout ce que je pense et, comme vous le voyez, malgré les apparences, je ne me suis pas trompé. D'ailleurs, nous en reparlerons lorsque vous viendrez me voir, car j'espère que vous me ferez ce plaisir, lors de la prochaine permission que vous passerez à Paris. »

(Je cite cette lettre d'après une copie, ayant commis l'imprudence d'en confier l'original à Curtius qui voulait en publier un fac-similé dans une de ses études. En raison des événements, il est mort sans avoir pu me la restituer.)

J'étais ému de voir que Proust ne tenait aucune rigueur de ma supercherie. Mais j'étais surtout fasciné par les déductions qu'il en tirait. « Voilà ce qu'il en coûte de vouloir jouer au plus fin », me dis-je. « Proust vient de t'administrer une preuve de son génie : on ne trompe jamais les esprits supérieurs. »

III

Un entretien au Ritz

Quelques semaines plus tard – c'est-à-dire vers la mi-juin – je me trouvais à Paris et fis savoir à Proust que je serais heureux de lui rendre visite. Il me fit porter un mot par un chauffeur, m'informant qu'il me recevrait volontiers le lendemain au Ritz, mais s'excusait de me fixer une heure très tardive (ou très matinale, si l'on préfère), car il ne serait pas libre avant une heure du matin. Je n'en fus pas surpris, sachant qu'il dormait ou travaillait pendant une grande partie de la journée et ne recevait que la nuit, au moment où ses crises d'étouffement, de plus en plus fréquentes, lui laissaient un peu de répit.

Olivier Dabescat – M. Olivier, comme il convenait de l'appeler – jouait au Ritz un rôle très important qui tenait à la fois du maître d'hôtel et du confident de tragédie. Je me présentai à lui, et lui dis que je désirais voir M. Marcel Proust. Il jeta autour de lui un regard effaré comme s'il redoutait que quelqu'un m'eût entendu prononcer ce nom. J'eus l'impression, sur le moment, d'avoir violé un mystère et lui tendis la lettre dans laquelle Proust me recommandait d'avoir recours à lui. Il l'examina longuement. Puis – non sans réticence – il me conduisit à la chambre qu'occupait l'auteur de *Swann,* ouvrit la porte avec précaution et la referma derrière moi.

Jusque-là, la figure de Proust m'était apparue baignée par la clarté vermeille qui colore les meilleures pages des *Jeunes Filles en fleurs.* Moi aussi, je le voyais éclairé par « la lueur mordorée qui se dégage de la syllabe *antes* ». Je me le représentais sous les traits d'un de ces élégants cavaliers de Van Dyck, dont la silhouette élancée se détache sur quelque colonnade du XVIIe siècle (je précise qu'à cette époque, ni *Sodome et Gomorrhe* ni *Albertine disparue* n'étaient encore parus, qui allaient plonger la fin de l'œuvre dans une atmosphère plus sombre).

J'entrai dans une pièce où régnait une obscurité qui évoquait celle des profondeurs sous-marines et qui eût été totale si une petite lampe coiffée d'un abat-jour de taffetas rose n'eût été allumée dans un coin. Pour ajouter encore à mon dépaysement, l'air était imprégné d'une odeur fade et indéfinissable. Mes yeux mirent quelques secondes à s'accoutumer à cette pénombre. J'aperçus alors l'auteur d'*un Amour de Swann,* allongé sur une sorte de lit de repos. Les jambes recouvertes par un plaid écossais, il portait un smoking dont l'échancrure laissait voir un plastron blanc empesé. Ses joues, quoique rasées, avaient une couleur charbonneuse et la main qu'il me tendit était gantée de coton gris.

Ma déconvenue était immense. Où était l'ambiance printanière dont mon imagination s'était plue à parer le plus grand romancier de notre siècle? Où étaient les aubépines de Combray, les pommiers de Méséglise et la brise qui caressait la plage de Balbec? Il y avait loin du cavalier élégant que je m'étais apprêté à voir, à ce mage assyrien aux paupières tombantes, qui s'adressait à moi d'une voix étouffée. Mais, soudain, je découvris ses yeux. Deux yeux de velours sombre, profonds et pénétrants (deux yeux de nyctalope, comme disait Marthe Bibesco). Lumineux, veloutés, resplendissants d'intelligence, ils sont restés gravés dans ma mémoire comme s'ils me regardaient encore. J'en fus fasciné et compris à l'instant même que cette ombre moribonde qui me tenait la main, n'était pas un malade comme les autres : c'était tout ce qui restait d'un homme qui avait délibérément sacrifié sa vie à son œuvre et s'était littéralement laissé dévorer par elle. Du coup, je me sentis soulevé par un immense élan de reconnaissance envers celui qui, n'ayant plus beaucoup de temps à vivre, me sacrifiait si généreusement un peu de ce qui lui en restait. Qu'étais-je, après tout, pour mériter une telle faveur?

Notre conversation, d'abord tâtonnante, prit rapidement le chemin de la musique et il s'anima lorsque j'évoquai devant lui les passages de son œuvre qu'il lui avait consacrés. « Il les considérait », me dit-il, « comme ceux où il avait exprimé ce qu'il y avait de plus élevé dans ses pensées et ce qu'il y avait de plus profond dans son acception de la vie. »

— « La musique », poursuivit-il d'un ton songeur, « ...ah oui ! la musique... elle a été une des plus grandes passions de ma jeunesse. Je dis : *a été;* car à présent je n'ai plus guère l'occasion d'en entendre autrement que dans ma mémoire (les disques existaient déjà, mais leur usage était encore loin d'être aussi répandu qu'aujourd'hui). Elle m'a apporté des joies incomparables. Plus encore : comme une preuve qu'il existe dans ce monde autre chose que le néant auquel je me heurte partout.

Elle court comme un fil d'or à travers toute ma *Recherche du Temps perdu*. Dans un des prochains volumes, qui n'est pas encore paru mais que vous lirez bientôt (il s'agissait de *La Prisonnière*) vous verrez reparaître la « petite phrase » de Vinteuil, mais sous une forme plus solennelle, plus étoffée... Il ne s'agit plus d'une sonate pour piano et violon, mais d'un septuor... J'ai voulu qu'elle apporte à celui qui dit « Je » dans le cours de mon récit – qui est moi, bien entendu, sans être tout à fait moi – un bonheur identique à celui qu'elle avait apporté à Swann quelque vingt ans auparavant. Pourtant, vous remarquerez qu'elle parle le même langage, qu'elle apporte la même promesse de bonheur à deux êtres qui ne se sont pour ainsi dire pas connus, car ils appartiennent à deux générations différentes. Avez-vous lu l'article de Souday dans *le Temps* où il pense qu'il y a dans *Swann* un défaut de composition qu'il attribue à un manque de rigueur chronologique? Mais Souday se trompe. Il confond le temps extérieur, sidéral, avec le temps intérieur, la durée vécue, telle qu'elle nous est restituée par la mémoire. On ne pourra porter un jugement équitable sur mon œuvre que lorsque le dernier tome aura paru, car c'est seulement alors que l'on saura ce que j'ai voulu dire. Témoin, Souday! Il n'a pas saisi que le recours au décalage chronologique était la seule façon pour moi d'exprimer certaines vérités, de faire comprendre que la musique était plus qu'un art, un langage doué d'un mystérieux pouvoir de résurrection... Je suis content que vous aimiez ces passages, que vous en ayez saisi le sens... Vous devriez écrire quelque chose là-dessus. Vous me feriez plaisir. Oui, oui, je vous l'assure. Cela me ferait plaisir...

« Mais j'oubliais : vous êtes militaire! (Je portais, en effet, mon uniforme bleu horizon.) Vous n'avez sans doute pas le temps de vous occuper de ces vétilles... Vous avez bien reçu mes lettres? Tant mieux. Votre adresse est si biscornue que j'ai cru qu'elles ne vous parviendraient pas. C.I.C.F.C.! Qu'est-ce que cela veut dire? »

– « Commission Interalliée des Chemins de Fer de Campagne... »

– « C'est ravissant! Et S.P. 180? Peut-on savoir où cela se trouve, sans violer un secret d'État? »

– « C'est à Wiesbaden », lui répondis-je, « une ville d'eau située à quelques kilomètres de Mayence. C'est là qu'est installée une partie de l'État-Major de l'Armée du Rhin. »

– « Et qu'y faites-vous? Que se passe-t-il outre-Rhin (comme disait M. Bidou dans sa chronique militaire)? Nous sommes si mal informés! Mon amie Anna de Noailles – dont vous admirez sûrement l'immense talent – est allée en Rhénanie il y a quelque temps, mais je n'ai rien pu en tirer. Elle ne m'a parlé que de Mangin... »

Je lui racontai alors quelques-unes des choses que j'avais vues durant mon séjour à Mayence. Je lui décrivis les champs de pommiers en fleur qui tapissent à cet endroit toute la vallée du Rhin, si étendus que lorsqu'ils laissent tomber leurs corolles au printemps ils recouvrent le sol d'une couche de pétales blancs si épaisse que l'on croirait qu'il s'est remis à neiger. Je craignais de l'ennuyer, mais il m'assura que non. Il écoutait mes paroles avec une attention soutenue et ses joues avaient pris une coloration rosée qui m'inquiétait, parce que je me demandais si elle n'était pas due à une poussée de fièvre. Et toujours ces yeux profonds, cernés de bistre, qui ne cessaient de me dévisager.

Je lui décrivis le bouillonnement intense qui travaillait l'Allemagne, les grèves et les émeutes, les foules hâves et sous-alimentées, ruinées par l'inflation, qui ne savaient pas comment elles vivraient le lendemain et qui refusaient, cependant, de s'abandonner au désespoir. Je lui parlai du sursaut de vitalité dont ce pays avait fait preuve depuis 1919, des innombrables corps francs qui avaient jailli, comme spontanément, au lendemain de la défaite. Je lui parlai de Noske, du mouvement spartakiste, des marins de la Baltique, et de ces jeunes officiers, dont certains portaient des noms illustres, qui s'étaient battus comme des fous à la tête de leurs régiments dissous pour empêcher leur pays de sombrer dans l'anarchie. Quelques-uns d'entre eux descendaient des généraux de Frédéric II; d'autres, des maréchaux des guerres de 1812. Ils s'appelaient Katte, Ziethen, Alvensleben, Blücher, Hardenberg, Seydlitz, Manteufel, Lüttwitz, sans oublier Rossbach, avec qui je m'étais lié d'amitié et qui s'était élancé à la tête de son corps franc pour s'emparer du duché de Courlande. On en rencontrait même, parmi eux, qui portaient des noms français, car ils descendaient des huguenots qui avaient émigré en Prusse après la révocation de l'édit de Nantes. Tels ce Villeroy qui s'était distingué, à la tête de ses chasseurs, cet Arnaud de La Perrière qui commandait une formation de marins, ou ce jeune capitaine de Neufville dont les cousins habitaient encore aux environs d'Arras, et qui avait reconquis Berlin à la tête des débris du 2e régiment de la Garde, ce régiment dont on disait en

Allemagne qu'il était « le Corps le plus noble de la chrétienté ».

Je redoutais que tout cela ne le fatiguât, et je m'efforçai d'abréger. Mais il me posait sans cesse de nouvelles questions, et son intérêt paraissait croître au fur et à mesure que je déroulais devant lui un chapitre de l'Histoire contemporaine dont il n'avait encore jamais entendu parler.

– « C'est passionnant », me dit-il. « On ne sait rien de tout cela chez nous. Vous devriez l'écrire! »

J'objectai que mes informations étaient loin d'être complètes et que, l'eussent-elles été, je ne me sentais aucun talent d'écrivain.

– « Mais si, mais si », insistait-il. « Quand un sujet vous tient à cœur, il ne faut pas se laisser arrêter par des arguments de ce genre. D'ailleurs, rien qu'à vous écouter, je suis sûr que vous le ferez. »

Quand je repense, avec le recul des ans, à l'entretien que nous eûmes en cette nuit de juin 1922, je ne puis chasser de mon esprit le sentiment qu'avec une sorte de prescience dont j'étais pour ma part totalement dépourvu, il voyait déjà se dessiner, dans ce jeune soldat en uniforme bleu horizon qui se tenait au pied de son canapé, le futur auteur de l'*Histoire de l'Armée allemande,* dont le premier volume ne devrait pourtant paraître que quinze ans plus tard.

Mais je ne voulais pas le quitter sans avoir abordé d'autres sujets que des souvenirs personnels. J'étais venu pour lui exprimer mon admiration, pour l'interroger sur la suite qu'il comptait donner à son œuvre, et voilà que c'était lui qui me questionnait sans fin.

– « Je ne voudrais pas abuser de vos instants », lui

dis-je. « Revenons à Combray, à Vinteuil, à Oriane de Guermantes. Est-il vrai que *la Recherche du Temps perdu* soit un roman à clés? »

Son visage prit soudain une expression attristée.

– « Pourquoi faut-il que vous m'ayez posé cette question? J'espérais mieux de vous », me dit-il d'une voix lasse. « Les gens veulent toujours mettre des noms sur mes personnages. Je ne vois vraiment pas à quoi ça les avance. Est-ce pour pouvoir dire qu'ils ont rencontré Mme de Cambremer chez Rumpelmayer ou à Armenonville? Relisez le passage où j'ai parlé de la façon dont Françoise faisait son bœuf à la mode, vous savez, ce plat qu'aimait tellement M. de Norpois (qui n'est pas, comme on l'a prétendu, M. Paléologue). Eh bien, je m'y suis pris de la même façon avec mes personnages. S'il y a eu des clés, il y a longtemps que je les ai perdues. »

Puis, après un moment de silence :

– « Ce que je cherche à faire est tellement plus difficile et, j'ose le croire, tellement plus important pour la connaissance du cœur humain! Les gens veulent toujours tout ramener à eux... Quelle misère! *La Recherche du Temps perdu* est une longue exploration, un voyage non pas à travers l'espace, mais à travers l'âme humaine. Un effort pour accéder à cette zone où tout serait communicable, où nous pourrions voir non point un *autre* monde – car je ne suis pas certain qu'il en existe – mais *ce monde-ci* avec les yeux d'un autre, de cent autres, de voir les cent univers qu'est chacun d'eux. Nous entrerions alors dans l'état de grâce auquel font allusion les Pères de l'Église lorsqu'ils parlent de la " Communion des Saints "... J'avais pensé tout d'abord achever mon

L'auteur en 1921 sur un champ de manœuvres près de Mayence
Photo Robert Le Vigan.

Lettre de Marcel Proust à l'auteur (17 mai 1922)
Ci-dessous et pages suivantes.

P. S.

Il me semble que vous me demandez (des) morceaux les miens (les moins mal). M[ais] vous êtes si intelligent (preuve : votre lettre) que les miens ce sera ... ceux que vous préférerez. Et rien si vous voulez. Je suis aussi peu homme de lettres que possible et jette généralement toutes les lettres au panier. Ne vous croyez nullement engagé si vous avez changé d'avis.

Monsieur

Je vous remercie de votre lettre, des choses amusantes et gentilles que vous m'y dites. Je vous remercie un peu tardivement car je suis en ce moment très malade et de plus je viens d'avoir un accident qui sans se rattacher à ma santé, me rend tout impossible. J'ai cependant écrit à Gallimard afin que vous ou vos amis (je n'ai pas votre lettre sous les yeux de sorte que je ne sais pas au porte qui publierait ou traduirait ces morceaux) n'ayez aucun droit à payer

à lui, ni à moi. J'ai été
…péfait de réussir dans cette
petite négociation sans importance.
Il (Gallimard) vous libère donc de tout droit
1 demande seulement qu'on imprime
… l'éditeur est la Nouvelle
Revue F^çaise. Il demande aussi
3 exemplaires (je suppose pour se
rendre compte si cela a été fait).

Je me souviens d'avoir
… jadis Madame votre Mère. Je ne
… connaissais pas, mais me la
rappelle très bien. Elle était

superbe et très grande. Est-ce que vous lui ressemblez ? Comme je ne vous verrai probablement jamais, si vous pouvez me faire envoyer par la poste une photo de vous, je vous la renverrai~~s~~ aussitôt. Mais (vous avez dû voir cela par les considérations sur la ressemblance de Gilberte Swann avec son père et avec sa mère dans les Jeunes Filles en fleurs) je suis toujours très intéressé par ces

beaucoup à mon isolement

réincarnations d'un type admiré, dans un autre siècle.

Toute ma reconnaissance encore d'avoir bien voulu être pour moi un lecteur si bienveillant et si compréhensif

Marcel Proust

Si vous avez q. q. chose d'autre à me demander les deux adresses les plus pratiques bien qu'assez biscornues sont la Nouvelle Revue Française 3 rue de Grenelle ou "aux soins de M. Olivier Dabescat Hotel Ritz". Cette adresse Ritz est pour vous seul et non à t

1923

L'auteur à l'époque de sa rencontre avec Proust.

Proust sur son lit de mort, sépia de Dunoyer de Segonzac - *Photo Viollet*.

Scène finale des *Maîtres chanteurs de Nüremberg*
Photo Bayreuther Festspiele/Siegfried Lauterwasser ▶

œuvre par un volume qui se serait appelé *l'Adoration perpétuelle*. Vous en trouverez la trace au verso du faux titre de la première édition de *Swann,* parue chez Grasset... Finalement j'ai dû me résigner à l'appeler *le Temps retrouvé*. Toutes les souffrances que j'ai endurées, toutes les expériences que j'ai accumulées en moi depuis ma jeunesse tiennent dans l'écart qui existe entre ces deux titres. C'est terrible à dire, mais c'est ainsi... Cet écart équivaut à un constat d'échec. Cela vous étonne? C'est pourtant vrai. Vouloir pénétrer dans cette zone privilégiée où les âmes communiqueraient entre elles et où l'homme échapperait aux catégories du temps était une entreprise audacieuse. Personne ne l'a poussée aussi loin que moi avec les mêmes moyens d'approche... Finalement, j'ai dû y renoncer pour ne pas trahir la vérité. L'observation de la vie m'a obligé, hélas, à m'incliner devant cette évidence : il n'y a pas d'extase durable dans ce monde. L'amitié, même l'amour, ne sont que des transferts temporaires... »

Sur le moment, je ne saisis pas très bien ce qu'il voulait dire. Je ne le compris qu'après avoir lu *La Prisonnière* et *le Temps retrouvé*.

– « Il y aurait beaucoup à dire là-dessus », ajouta-t-il après quelques secondes de silence. « Mais l'heure avance. Je ne veux pas vous retenir plus longtemps. Nous en reparlerons une autre fois. »

Il était près de trois heures du matin et je sentis qu'il était fatigué. Je me levai pour prendre congé. Il me tendit sa main gantée que je gardai longtemps dans la mienne.

– « Promettez de revenir me voir à votre prochaine permission. »

– « Je vous le promets. »
– « Alors, à bientôt! »
Je sortis de la pièce. Comme dans le couloir d'accès d'une sépulture égyptienne, une veilleuse éclairait faiblement le corridor.
A travers la porte close, j'entendis une quinte de toux.

IV

Une audition des « Maîtres Chanteurs de Nuremberg »...

Un de mes premiers soins, en rentrant à Wiesbaden, fut d'aller revoir Curtius, pour le mettre au courant de ma conversation avec Proust. Je l'assurai que l'auteur de *Swann* approuvait pleinement son intention de présenter tout d'abord au public allemand les passages de son œuvre relatifs à la musique, et lui fis part – pensant que cela lui ferait plaisir – de l'intérêt très vif qu'il prenait aux événements qui bouleversaient son pays.

Mais la pensée de Curtius était ailleurs et les remous de la politique semblaient s'arrêter au seuil de la petite ville de Marbourg, qui filait un sommeil léger au milieu de ses quenouilles de houblon et ses rangées de groseilliers. Il avait reçu entre-temps les premiers feuillets du *Temps perdu* traduits en allemand. Ils ne lui donnaient pas satisfaction. La traduction était à refaire. Les morceaux que nous avions choisis ne pourraient pas paraître à la date prévue.

Septembre et octobre s'écoulèrent. Aux approches de l'automne, les collines qui bordaient le Rhin prirent l'apparence de héros couchés sous des cuirasses d'or. Puis, en quelques jours, la vallée s'empourpra et ne fut plus qu'un immense brasier. Là où les fleurs des pommiers avaient mis une coulée de neige, il y avait à présent une coulée de feu. L'incendie dura jusqu'aux premiers jours de novembre. Alors, tout s'éteignit et l'on passa sans transition des jours clairs aux jours sombres. Le défilé du 11 novembre se déroula dans une atmosphère oppressée. Des sonneries de clairon, des roulements de tambour retentissaient un peu partout, mais noyés dans une brume qui en étouffait le son et le laissait sans écho. Huit jours plus tard (18 novembre 1922) j'appris que Proust était mort, et que je ne verrais jamais plus l'ombre, déjà à moitié désincarnée, qui m'avait si amicalement accueilli au fond de sa chambre obscure. Avait-il eu au moins le temps de terminer son œuvre ? J'avais noté plusieurs questions que je comptais lui poser lors de ma prochaine visite. A présent, ces questions se multipliaient dans mon esprit. Elles accouraient de tous les côtés. Mais je savais qu'elles resteraient désormais sans réponse. Que j'avais été sot de laisser dévier la conversation, et de ne pas lui avoir demandé tout ce que j'aurais aimé savoir...

Heureusement pour moi, la mort de Proust coïncida avec une période d'activité intense, qui refréna mon chagrin et le relégua au second plan. Certes, *je savais* que Proust était mort, mais c'était tout. Cette nouvelle n'avait pas encore pénétré ma conscience. Les relations franco-allemandes se tendaient de nouveau, et n'allaient pas tarder à entrer dans une phase critique. Je ne sais quelle livraison de poteaux télégraphiques n'avait pas été effectuée dans les délais prescrits (il n'en avait été livré que 65 000 au lieu des 200 000 exigés). Ce n'était sans doute pas très grave, mais ce « manquement », comme on disait, venait s'ajouter à beaucoup d'autres. La Commission des Réparations montrait les dents et échangeait avec le gouvernement du Reich des notes de plus en plus acerbes. Barthou fulminait dans son bureau du Quai d'Orsay. L'État-Major de l'Armée du Rhin était en état d'alerte. Les cheminots de la classe 19 avaient été rappelés. Le gouvernement français avait décidé, par mesure de représailles, d'occuper le bassin de la Ruhr. Il fallait préparer en secret le transport de nos troupes, ce qui incombait, au premier chef, à la Commission des Chemins de Fer. Mais l'exécution de cette opération se heurtait à des difficultés imprévues. Les Anglais, qui occupaient la zone de Cologne et qui étaient hostiles à notre intervention, refusaient de laisser passer nos trains à travers le territoire qu'ils contrôlaient, les obligeant à faire un détour long et coûteux. Le directeur d'un des bureaux de l'État-Major français crut devoir donner libre cours à sa mauvaise humeur, en notifiant à la municipalité de Cologne que « la courbe des voies ferrées qui sortaient de la gare pour emprunter le pont qui enjambait le Rhin n'était pas conforme aux normes de sécurité prescrites par les règlements internationaux », et invitant les autorités allemandes « à déplacer dans un délai de quinze jours la gare centrale, le pont ou la cathédrale à leur choix ». Je fus chargé de porter cette note au bourgmestre de la ville, M. Conrad Adenauer, alors âgé de quarante-sept ans, qui ne la trouva pas à son goût. Il s'empourpra en la lisant et me répondit d'un ton sec : « C'est bien... Nous en référerons aux Anglais », sachant qu'il en résulterait une querelle interminable. C'était la guerre à coups d'épingles, mais qui pouvait se transformer du jour au lendemain en coups de fusil, car, de part et d'autre, les nerfs étaient surtendus. Une atmosphère lourde de menaces pesait sur la Rhénanie. Et, bien que la population allemande ne fût informée de rien, elle sentait qu'on se trouvait à la veille d'événements dramatiques. Le 9 janvier 1923, contre l'avis de Clemenceau, de Briand et même du maréchal Foch, Poincaré résolut de passer aux actes.

Je reçus, dès le lendemain, mon ordre de mission. Il me prescrivait de prendre un convoi qui partirait de Mayence le 11 janvier, à deux heures du matin, pour rejoindre Düsseldorf où la Commission Interalliée des Chemins de Fer devait installer son nouveau Quartier Général. Je rangeai mes documents dans une sacoche, bouclai ma valise et, dès le milieu de l'après-midi, j'étais prêt à partir.

J'avais encore plusieurs heures à attendre. Que faire de ma soirée, qui menaçait d'être interminable? Voyant mon désœuvrement, le colonel Havard, qui présidait la Commission, m'offrit fort aimablement un billet pour l'opéra.

– « Si vous voulez en profiter », me dit-il, « c'est le moment; vous n'aurez guère l'occasion d'aller au théâtre dans les semaines qui viennent. »

J'hésitai tout d'abord à accepter son offre, tant j'étais préoccupé par la situation. Je considérais en effet l'occupation de la Ruhr comme une faute grave, dont nous paierions largement les conséquences dans les années à venir. Aussi n'étais-je pas d'humeur à écouter *la Veuve Joyeuse* ou *la Rose de Stamboul* qui tenaient l'affiche depuis quelques semaines. Finalement, n'ayant rien d'autre à faire, je me rendis au *Schauspielhaus*. On y jouait, ce soir-là, *les Maîtres Chanteurs de Nuremberg,* ce qui dissipa mes réticences. Mon billet me donnait droit à une place dans l'ancienne loge de Guillaume II, une avant-scène entre colonnes, réquisitionnée en permanence pour les officiers supérieurs de l'État-Major. Ce soir-là, elle était vide. Mais la salle, en revanche, était pleine à craquer et un brouhaha confus montait jusqu'à la balustrade gainée de velours grenat qui me séparait des fauteuils de balcon. Je m'étais assis tout au fond de la loge, car il n'y avait, dans le théâtre, aucun autre uniforme que le mien et je ne tenais nullement à ce que la vue de ma vareuse bleu horizon attirât sur moi l'hostilité de la foule.

Les lumières s'éteignirent progressivement et, dans mon alvéole faiblement éclairée par une applique dont les ampoules étaient masquées par de petits abat-jour roses, s'établit une pénombre étrangement semblable à celle où s'était déroulé mon entretien avec Proust. Ce fut alors – et alors seulement – que je pris conscience du fait que je ne reverrais plus jamais l'auteur des *Jeunes Filles en fleurs* et que l'étendue de ma perte vint me frapper en plein cœur. Aussi fut-ce avec un chagrin, encore accru par les reproches que je me faisais de ne pas l'avoir ressenti plus tôt, que j'entendis l'orchestre attaquer les premières mesures de l'ouverture.

L'atmosphère qui régnait dans la salle avait quelque chose d'étrange. Elle ne ressemblait en rien à celles des représentations des *Maîtres Chanteurs* auxquelles j'avais pu assister auparavant. L'air était chargé d'électricité. La tension augmentait de minute en minute et finissait par prendre une densité insolite. Tous les auditeurs qui remplissaient la salle se sentaient confusément à la veille d'un drame, mais ils ne faisaient que le *pressentir*. Tandis que moi, assis au fond de ma loge, je *savais* ce qui allait se déclencher au cours de la nuit. Cela me donnait à leur égard une sensation de supériorité. Mais d'accablement aussi. Car si j'étais au courant du danger qui les menaçait, il n'était pas en mon pouvoir de l'écarter, ni même de les en avertir.

Mes artères battaient dans mes tempes. Un instant, j'éprouvai une sensation de vertige et perdis toute notion du réel. Où étais-je? Que signifiaient ces murs encastrés de colonnes, cet orifice béant qui s'ouvrait devant moi et par lequel m'arrivaient des bouffées de musique? Pour m'assurer que je ne rêvais pas, je glissai ma main dans la poche intérieure de ma vareuse et en tirai ma feuille de route. Je la dépliai et la relus attentivement. Le sens de la réalité me revint d'un seul coup. Oui, c'était bien cela! Demain, 11 janvier 1923 à l'aube, je serais entré dans la Ruhr, en même temps que tous les trains bondés d'armes et de troupes qui remontaient depuis la veille vers Recklinghausen, Düsseldorf et Essen. Je consultai ma montre. Encore trois heures à attendre avant de rejoindre mon convoi...

Le deuxième acte des *Maîtres Chanteurs* était terminé et l'orchestre entamait le prélude du dernier acte. Si jamais les musiciens avaient paru être les officiants d'un culte surnaturel, c'était bien en ce moment où une mélodie lente, grave, solennelle montait de la fosse où était rassemblé l'orchestre. Tel un fleuve en crue, dont le niveau ne cesse de monter, elle submergeait, rangée après rangée, les milliers de visages qu'éclairaient par en dessous les reflets de la rampe. Je sentis grandir de nouveau la tension indéfinissable qui s'était emparée de moi au début du premier acte.

Mais autant, tout à l'heure, je m'étais senti étranger à l'émotion qui emplissait la salle, de sorte qu'elle m'était apparue comme une force hostile dont je devais me garder, autant, à présent, j'y participais malgré moi. Entraîné par le courant impérieux de la musique, je ne lui résistais plus. Et parce que je ne lui résistais plus, elle me montrait un visage accueillant, presque amical. De ses doigts invisibles, elle dénouait l'espèce de crampe qui m'étreignait le cœur.

Soudain, le décor changea. La lumière devint plus vive. Nous étions arrivés à la scène finale, celle qui se déroule sur une prairie émaillée de fleurs où les Maîtres Chanteurs rivalisent entre eux pour improviser leur chant le plus beau, celui que couronneront les acclamations de la foule. D'une voix ample et assurée Hans Sachs entonna son air, en lui donnant l'accent d'une profession de foi :

Peuple célèbre les maîtres de ton art
Car toujours leur génie
Sera ton meilleur guide.
A l'heure de ta suprême détresse
Quand tes princes t'abandonneront,
Ils seront encore ton refuge,
Et si tu sais leur rendre
Le culte qui leur est dû
Rien ne pourra t'abattre
Et tu sortiras vainqueur
De toutes tes épreuves...

Alors, aux fauteuils d'orchestre, sans prononcer un mot, une femme se leva, le visage chaviré par l'émotion.

Une autre en fit autant. Puis une troisième. Un homme se leva à son tour au premier rang des fauteuils de balcon. Une à une, puis par groupes, puis par rangées entières, les deux mille personnes de l'assistance se levèrent.

Soutenus par un irrésistible crescendo de trompettes, les chœurs reprenaient à présent le motif lancé par Hans Sachs :

Que tombe en poussière
Le Saint-Empire romain;
Qu'importe s'il nous reste
Le saint empire de l'Art...

Les traits ascendants des violons et la jubilation des chœurs amplifiaient ce chant et le paraient d'une invincible allégresse. Pendant près d'une demi-heure, toute la salle, figée dans un silence religieux, écouta, debout, le message de confiance et d'espoir que Wagner lui adressait par-delà la tombe et qui semblait inspiré par la minute qu'elle était en train de vivre. *« A l'heure de ta suprême détresse, quand tes princes t'abandonneront... »* N'était-ce pas exactement ce qui venait de se passer? La seule chose qui fût demeurée auprès du peuple pour le protéger de sa solitude et le consoler de sa misère était cette mélodie ample, indestructible, qui semblait ne devoir jamais prendre fin. L'émotion générale atteignait son paroxysme, mais elle n'avait plus rien d'accablant. On eût dit que l'assistance, délivrée de son angoisse, communiait avec elle-même et y puisait la certitude de son éternité...

Lorsque l'orchestre se tut sur l'accord final, je crus

que la salle allait crouler sous les cris et les applaudissements. Mais ce fut bien plus beau : durant un long moment, la foule garda le silence, un silence enivré, total, vertigineux, comme si elle avait peine à retrouver le chemin de la terre. Et puis, un à un, les groupes se défirent et les assistants quittèrent le théâtre sans proférer un mot.

Pour ma part, j'étais comme terrassé par la toute-puissance de la musique. Jamais son pouvoir de résurrection ne m'avait paru aussi grand. Jamais je n'avais ressenti avec autant de force sa capacité de dissoudre les limites individuelles pour établir une communication directe entre les âmes. Je venais d'avoir une confirmation éclatante de tout ce que Proust avait écrit sur elle. Et dans cette froide nuit de janvier où je quittai le *Schauspielhaus* pour regagner mon train, je résolus de rédiger l'essai sur *la Musique et l'Immortalité dans l'œuvre de Marcel Proust* que, quelques semaines avant sa mort, l'auteur des *Jeunes Filles en fleurs* m'avait encouragé à écrire.

Mais un secret instinct m'avertissait que si cet essai marquait pour moi un début dans les lettres, il signifierait aussi un tournant dans ma vie. Car, pour inégalables que fussent les joies que m'apportait la musique, son pouvoir s'arrêtait au seuil de ce monde. Elle pouvait faire communiquer les êtres entre eux, leur permettre d'accéder à une extase unique, les fondre dans le creuset d'une conscience collective : elle n'avait aucune prise sur les événements. Elle était aussi impuissante à infléchir leur cours qu'à dissiper les nuages menaçants qui s'accumulaient à l'horizon. Or, c'était à cela avant tout que j'avais décidé de consacrer ma vie.

Tout ce que j'allais voir durant l'occupation de la Ruhr devait m'en confirmer l'urgence. C'est ainsi que je m'engageai dans une forme de lutte où la musique ne pouvait m'être d'aucun secours – sauf à me redonner du courage aux heures où j'en manquerais...

V

La Messagère

Lorsque je revins à Paris, le 5 mai 1923, ayant achevé mon service militaire, presque tout avait changé. Mon père était décédé. Ma mère et moi avions dû quitter la rue Brémontier où j'étais né, pour nous installer avenue de Clichy, dans un appartement mieux adapté à la faiblesse de nos ressources. Pour assurer notre matérielle, j'avais dû prendre une place de dactylo dans une banque polonaise de la rue de Châteaudun – la Banque de Varsovie pour le Commerce et l'Industrie. Comme je n'avais guère de sympathie pour les Polonais depuis que je les avais vus à l'œuvre en Haute-Silésie et que je ne m'intéressais ni au commerce, ni à l'industrie, je laisse à penser le plaisir que je tirais de mes journées, passées tout entières devant ma machine à écrire à enregistrer le cours du *zloty,* dont la courbe ressemblait aux oscillations d'un sismographe.

Heureusement, je me rattrapais le soir, durant mes heures de loisir, que je consacrais à la rédaction de mon essai sur *Proust et la Musique* – celui-là même qui figure en tête du présent volume.

Bien que mon texte fût relativement court, j'avais

l'impression d'avoir entrepris un travail de Sisyphe. Je butais sur chaque mot; je raturais dix fois chaque phrase sans parvenir à lui faire exprimer ce que je voulais dire. Lorsqu'un problème particulier se posait à moi, je consultais Charles du Bos, dont j'avais fait la connaissance par l'entremise de Curtius et avec lequel je m'étais lié d'amitié (il eût été difficile de faire autrement car « Charlie », comme l'appelaient ses amis, était un des hommes les plus exquis que j'aie jamais connus). Mais l'auteur d'*Approximations* se lançait alors dans des digressions interminables qui avaient pour seul résultat d'accroître encore ma perplexité.

Je sentais bien que je m'étais attelé à une tâche qui excédait mes forces, car le domaine de la pensée de Proust que je cherchais à circonscrire était encore inexploré. Je me rendais bien compte qu'une seule personne – et nulle autre – aurait pu m'aider, me conseiller et clarifier mon texte lorsqu'il commençait à s'embrouiller : c'était Proust lui-même. Par malheur, il était mort. Jamais plus il ne me parlerait comme il l'avait fait au cours de cette soirée inoubliable où je m'étais trouvé en face de ses yeux de velours sombre et de ses gants de coton gris. Désormais, il m'était à jamais impossible de savoir ce qu'il en aurait pensé...

J'en éprouvais par moments un véritable désarroi. Mais en même temps, mû par un sentiment invincible – qui n'était peut-être, à tout prendre, qu'une projection de mon désir – je me disais : « Ouvre les yeux, regarde autour de toi! Tu apercevras certainement une indication, un signe par lequel Il te fera comprendre s'il approuve ou non ce que tu as écrit sur lui. »

Or, ce signe me fut donné! Il n'était ni dissimulé ni

furtif, mais au contraire si éclatant que j'y vis un témoignage de son approbation. Que l'on en juge...

Vers 1905, c'est-à-dire bien avant la Première Guerre mondiale, ma mère avait appris l'anglais avec Amy Guerrans, une jeune diplômée d'Oxford qui s'était installée à Paris quelques années auparavant. Depuis lors, miss Guerrans avait pris de l'âge et avait renoncé au professorat. Elle avait quitté son appartement de la rue Claude-Chahu pour se retirer dans un joli pavillon à Marly-le-Roi, mis à sa disposition par une autre de ses élèves, Marie-Louise de Pange. A la suite d'une congestion pulmonaire qui l'avait beaucoup éprouvée, elle s'était décidée à prendre une gouvernante pour l'aider à tenir son intérieur. Mais, comme elle ne voulait pas infliger un déplacement inutile aux nombreuses postulantes qui risquaient de se présenter et que Mme de Pange était momentanément en voyage, elle avait prié ma mère de la décharger de ce souci. Cela consistait à faire paraître une petite annonce dans *le Figaro* et à retenir, parmi les personnes qui se présenteraient, celle qui lui semblerait devoir le mieux lui convenir.

Ma mère s'était acquittée scrupuleusement de cette tâche. Elle avait fait paraître l'annonce en question, en précisant que la place se trouvait aux environs de Paris, mais qu'il fallait se présenter chez elle, avenue de Clichy. Quinze jours s'étaient écoulés sans que personne ne se présentât. Nous avions fini par oublier l'affaire. Soudain, un dimanche de novembre 1923 – je m'en souviens fort bien, car ce matin-là je ne travaillais pas à la banque; j'étais en train de retoucher pour la énième fois le chapitre final de mon essai, celui où je compare l'univers de Proust à l'image qu'offre aux voyageurs la verrière de la gare d'Orsay[1], et je me demandais avec inquiétude si l'auteur du *Temps perdu* aurait approuvé cette comparaison – la sonnette de la porte d'entrée retentit. Euphrasie, notre fidèle servante, alla ouvrir. Lorsqu'elle repassa devant ma chambre dont la porte était restée entrouverte, je lui demandai sans lever la tête :

– « Qui est-ce? »

– « C'est une visite pour Madame », me répondit-elle. « C'est rapport à l'annonce du *Figaro.* »

Estimant que la chose ne me concernait pas, je me replongeai dans mon travail.

Au bout d'une dizaine de minutes, alors que je croyais la visiteuse repartie, ma mère entra dans ma chambre. Elle tenait dans sa main une petite feuille de papier et son visage avait une expression indéfinissable, faite à la fois d'émotion, d'amusement et de surprise.

– « Je ne voudrais pas te déranger », me dit-elle, « mais il m'a semblé que ceci méritait... »

Sans terminer sa phrase, elle me tendit le bout de papier qu'elle tenait à la main. C'était une feuille de papier à lettres gris-bleu sur laquelle je reconnus immédiatement l'écriture de Proust. Je crus qu'il s'agissait d'une des lettres qu'il m'avait adressées à Wiesbaden et que j'avais dû laisser traîner par mégarde. J'en étais d'autant plus surpris que je tenais énormément à ces

1. Voir plus haut, p. 93.

autographes et les conservais soigneusement dans un tiroir de mon bureau.

– « Tiens! Où l'as-tu trouvée? » demandai-je à ma mère.

– « Je ne l'ai pas trouvée. C'est la dame qui l'a apportée... »

– « Quelle dame? »

Je n'y comprenais plus rien.

– « La dame de l'annonce. Lis donc et tu comprendras... Elle n'avait pas saisi que la place était à Marly. Elle croyait que c'était chez nous. Dépêche-toi de lire ce papier. Elle attend dans le salon. Il faut que je le lui rapporte... »

Je parcourus la lettre et, du coup, tout s'éclaira. Elle disait en substance :

Je soussigné Marcel Proust, habitant à Paris, 44 rue Hamelin, recommande chaleureusement Madame Céleste Albaret à tous ceux auxquels elle pourrait proposer ses services. Je l'ai eue chez moi pendant de nombreuses années en qualité de gouvernante et ne puis que me féliciter de ses soins et de son dévouement, etc.

Je cite naturellement de mémoire, n'ayant pas pris copie du certificat. Suivaient une vingtaine de lignes où l'auteur de *Swann* énumérait toutes les vertus de Céleste. On aurait dit un passage de la *Légende dorée.*

– « De quoi a-t-elle l'air? » demandai-je à maman.

– « De quelqu'un de très bien. Mais, comme elle est mariée, elle ne veut pas quitter Paris et en ce qui nous concerne nous n'avons besoin de personne... Veux-tu lui dire quelques mots avant qu'elle ne s'en aille? La remercier d'être venue?... »

– « Non, non! »

Ma réponse fut immédiate : j'étais trop ému. Déjà, je sentais les larmes me monter aux yeux. Si j'avais été la voir, elle s'en serait aperçue et il m'aurait fallu lui en expliquer la raison, lui donner une foule d'explications qu'un sentiment de pudeur me poussait à conserver pour moi-même. Ensuite, je préférais ne pas recouvrir de traits trop humains le visage de celle en qui je voulais voir « la Messagère de l'Invisible ». Peut-être le temps lui avait-il apporté des mèches grises, un soupçon de moustache? Mieux valait ne pas dissiper la magie de cet instant. Car il y avait quelque chose de miraculeux dans le concours de circonstances qui entourait sa venue. D'abord le fait que, parmi la foule de celles qui auraient pu répondre à l'annonce, elle avait été la seule à le faire; ensuite, l'espèce de chassé-croisé qui l'avait amenée à se présenter à ma mère, en croyant que la place était chez nous; enfin, le choix de la minute où elle avait sonné à notre porte!

– « Une chose m'étonne », dis-je à ma mère en lui rendant la feuille couverte de l'écriture bien connue, « comment Proust a-t-il pu lui donner ce certificat puisque Céleste Albaret l'a servi jusqu'à la fin? »

– « Il a dû le rédiger de son vivant, pour qu'elle puisse s'en servir, au cas où il aurait été terrassé au cours d'une de ses crises. »

C'était la seule explication plausible. Ma mère retourna dans le salon en emportant le certificat.

Resté seul, je me sentis inondé de bonheur. J'avais demandé à l'auteur des *Jeunes Filles en fleurs* un signe d'encouragement et il me l'avait envoyé! La femme qui avait veillé sur ses dernières années était venue chez nous pour nous offrir ses services! Ce n'était pas, comme je m'y étais attendu, un signe douteux; c'était un message parfaitement clair qui n'avait besoin d'aucun commentaire. N'étais-je pas en droit d'en déduire que Proust, s'il avait vécu, aurait apprécié mon travail? Qu'il ait choisi Céleste Albaret pour me le faire savoir me paraissait une confirmation de son extraordinaire délicatesse. J'en étais bien plus fier que si la comtesse Greffuhle ou la marquise de Chevigné étaient venues elles-mêmes me le dire de sa part...

Alors qu'une demi-heure plus tôt j'hésitais encore, j'achevai mon manuscrit et décidai de l'apporter le jour même à mon éditeur.

J'entendis la porte d'entrée se refermer. Je me levai et allai rejoindre ma mère. Elle était rayonnante. Nous nous regardâmes longtemps, sans prononcer un mot.

Bien des années plus tard, il m'est revenu que Mme Albaret, dont la situation s'était grandement améliorée entre-temps (elle possédait un petit hôtel dans le quartier de Saint-Sulpice), niait être jamais venue chez nous et déclarait que tout ce que je racontais à ce sujet n'était qu'affabulation – pour ne pas dire mensonge.

– « Pensez donc! » se serait-elle exclamée avec indignation, « jamais je n'aurais consenti à me placer chez qui que ce soit, après avoir servi un maître comme M. Marcel! »

C'est là un sentiment que je comprends et qui l'honore. Qu'étions-nous, simples mortels, auprès de celle qui occupait déjà une place éminente dans l'Olympe du *Temps perdu?*

Pourtant, je le maintiens, elle était bien venue chez nous, à une époque où son avenir paraissait moins assuré que par la suite, car ni ma mère ni moi n'aurions été capables d'inventer une pareille histoire.

Sans doute Mme Albaret a-t-elle complètement oublié sa démarche. Sinon, il faudrait admettre qu'une autre créature, du même âge et du même sexe qu'elle, ait usurpé son identité, se soit forgé un faux état civil, ait fabriqué un faux certificat si parfaitement imité qu'il aurait abusé l'œil du meilleur des experts et se soit présentée chez nous exactement le jour où j'espérais que l'auteur de *Swann* m'enverrait un signe que je puisse interpréter comme une approbation de mon travail. Ce qui serait, on en conviendra, encore bien plus extraordinaire...

Mais n'insistons pas. Je ne veux pas la chagriner. Et puisqu'elle refuse le rôle – pourtant flatteur – de Messagère de l'Invisible dont mon esprit s'était plu à la parer, qu'elle reste simplement « Céleste ».

C'est aussi bien ainsi.

Pâques 1957-Pâques 1977.

TABLE

DU MÊME AUTEUR

aux Éditions Albin Michel

HISTOIRE DE L'ARMÉE ALLEMANDE :

I : L'effondrement (1918-1919).
II : La discorde (1919-1925).
III : L'essor (1925-1937).
IV : L'expansion (1937-1938).
V : Les épreuves de force (1938).
VI : Le défi (1939).

SOIXANTE JOURS QUI ÉBRANLÈRENT L'OCCIDENT :

I : La Bataille du Nord (10 mai-4 juin 1940).
II : La Bataille de France (4 juin-26 juin 1940).
III : La Fin du Régime (26 juin-10 juillet 1940).

LA MOISSON DE QUARANTE

CE QUI DEMEURE

Lettres de soldats français tombés au champ d'honneur (1914-1918)

L'UKRAINE

LE LOUP ET LE LÉOPARD

I : Mustapha Kémal ou la mort d'un Empire.
II : Ibn-Séoud ou la naissance d'un Royaume.
III : Le roi Saud ou l'Orient à l'heure des relèves.
IV : Fayçal, roi d'Arabie.

UN PRINTEMPS ARABE

DEUX ÉTÉS AFRICAINS

A DESTINS ROMPUS

L'HOMME ET SES JARDINS

Aux Éditions académiques Perrin

LE RÊVE LE PLUS LONG DE L'HISTOIRE :

I : Alexandre le Grand, ou le rêve dépassé.
II : Cléopâtre, ou le rêve évanoui.
III : L'Empereur Julien, ou le rêve calciné.
IV : Frédéric II de Hohenstaufen, ou le rêve excommunié *(à paraître)*.
V : Bonaparte en Égypte, ou le rêve inassouvi.
VI : Lyautey l'Africain, ou le rêve immolé.
VII : Lawrence d'Arabie, ou le rêve fracassé.

La composition
et l'impression de ce livre ont été effectuées
par l'Imprimerie Floch à Mayenne
pour les Éditions Albin Michel

AM

Achevé d'imprimer le 12 juillet 1977
N° d'édition 5964. N° d'impression 15016
Dépôt légal : 3e trimestre 1977

Imprimé en France